Ursula Wiegele

Arigato

Ursula Wiegele

Arigato

Roman

OTTO MÜLLER VERLAG

Die Drucklegung dieses Buches wurde gefördert
von den Kulturabteilungen der Länder Kärnten und Steiermark
sowie von Stadt und Land Salzburg.

LAND KÄRNTEN Kultur | Das Land Steiermark → Kultur, Europa, Sport | STADT : SALZBURG | LAND SALZBURG

www.omvs.at

ISBN 978-3-7013-1280-1

Satz: Media Design: Rizner.at
Druck und Bindung: EuroPB, Příbram, CZ
Umschlaggestaltung: Leopold Fellinger

Meinen Verwandten dies- und jenseits der Grenze.
Im Gedenken an meine Großtante Fanny Artuso,
die sich 1919 in Pontafel/Pontebba in einen
süditalienischen Soldaten verliebt hat und
mit ihm nach Reggio di Calabria durchgebrannt ist.

I.

Ich träume von weißen Papierhäusern hoch in der Luft, von Häusern auf biegsamen Stäben, die sich bei Wind bewegen wie Blumenstängel, Wände klappen auf und zu, Dächer heben sich ab und flattern im Wind, aber nichts bricht, nichts fällt herunter.

Nachdem der *Orcolat* meine Heimat zerstört hatte, fürchtete ich mich vor Wörtern mit mehr als nur einem O. Man darf den Orcolat nicht reizen, hat meine Nonna in Venzone immer gesagt, ich aber habe den Orcolat gereizt, mich mitschuldig gemacht an der Katastrophe.

Die schattige Rückwand des Nebengebäudes, darauf Weberknecht-Kolonien.

Das Zucken der abgetrennten Glieder. Immer wieder wollte ich es sehen. Und das Zittern und Wippen der Spinnen, wenn ich etwas gegen die Wand warf. Manchmal liefen sie in alle Richtungen auseinander.

Und ich sehe mich als Achtjährige neben einer Metallwanne im Garten, den Blick auf der Oberfläche des Wassers. Mein Wunsch, Frösche zu züchten. Hinterbeine waren schon da. Hatte ich sie überfüttert mit den Fliegen vom Klebeband, war ihnen zu warm geworden? Todesekel und Angst.

Die Kaulquappen kamen reglos an die Oberfläche des trüb gewordenen Wassers.

Graue Monster.

Der Orcolat sieht alles, hat meine Nonna in Venzone immer gesagt, versündige dich nicht gegen die Natur.

Schmetterlinge habe ich keine getötet, obwohl ich von einem Schaukasten träumte wie dem im Museum, wo sie in Reihen aufgespießt sind hinter dem Glas, in Schönschrift darunter die Namen der Falter. Ich wollte Schmetterlinge fangen, Distelfalter, Tagpfauenauge, Schwalbenschwanz und Zitronenfalter. Ich wollte sie mit giftigen Dämpfen töten. Ein paar Tropfen Wundbenzin auf Watte in einem geschlossenen Plastiksack. Nach dem Versuch mit einem Tausendfüßler konnte ich nicht mehr weitermachen. Das tote Insekt spazierte noch lange durch meine Träume.

Die deutschen Wörter hier in Villach erschrecken mich nicht, auch wenn sie zwei O in sich haben wie das Mundwasser vom Großonkel, der mich aufgenommen hat, und wie das klebrige Pulver für das Frühstücksgetränk. Und der Orcolat, der ist sowieso ein Friulaner, über die Staatsgrenze kommt er niemals.

Erdbeben klingt hier so weich wie Erdbeere, fast fruchtig und süß mit dem verschluckten R, das Wort macht mir nicht Angst. Die deutsche Sprache weiß wenig davon, was bei einem *terremoto* passiert.

Warum haben Sie das Wort gekreuzigt?, frage ich die Deutschlehrerin, ich habe vom Garten erzählt, vom Garten hinter dem Haus, in dem ich jetzt wohne, und ich habe ihn *schattenscheckig* genannt. Im Heft kreuzen sich zwei rote Kulistriche mitten in diesem Wort.

Einen Saft hätte ich mir verdient, sagt der Direktor und schenkt auch der Lehrerin ein, sie hat mich gleich zu ihm gebracht nach meiner Frage, die sie Provokation nennt, aber ich fühle mich sicher, denn der Direktor hat Vorfahren aus dem Kanaltal und er liebt die friulanischen Weine, das hat er mir schon bei meiner Aufnahme Ende September erzählt.

Nachsichtig soll die Lehrerin mit mir sein, sagt er, dieses Wort kenne ich nicht. Der Gegensatz von vorsichtig?, frage ich mich und nehme einen Schluck aus dem Glas. Nein. Mit kurzsichtig und weitsichtig wird es auch nichts zu tun haben, überlege ich weiter und spüle das Getränk von Wange zu Wange, denn dieser Saft schmeckt wie eingeschlafene Füße.

Erst als ich dreieinhalb Jahre alt war, erlaubte Mama, dass die Oma aus Pontebba mit mir Deutsch zu sprechen begann, erst als sie sicher war, ich wäre schon zu Hause in der italienischen Sprache. Mama redete mit mir immer nur Italienisch, unsere Staatssprache sollte meine Muttersprache sein, damit komme man viel besser zurecht, sagte sie, Mama, die es als *Daitsche* nicht immer leicht gehabt hatte im italienischen Pontebba; Oma musste sich fügen und sprach angeblich kein deutsches Wort mit mir.

Deutsche Sprache schwere Sprache, sagt der Direktor, niemand dürfe erwarten, dass ich genau unterscheiden könne zwischen all den Begriffen, zwischen *ankreuzen* und *kreuzigen* und was es sonst noch so gibt. Ich schlucke den Saft hinunter und muss husten, weil ich zu schnell mit dem Sprechen beginne, be-kreuzigen, sage ich zwischen den Hustern, ein Tropfen ist mir in die Luftröhre gerutscht, und da ich nicht sicher bin, ob man mich trotzdem verstanden hat, mache ich die bekannte Geste und murmle ganz leise den Spruch. Das gefällt dem Direktor, aber die Lehrerin sagt, sehen Sie, schon wieder eine Provokation, ein Erdbebenopfer hätte ich mir anders vorgestellt. Warum sie das Wort *schattenscheckig* angekreuzt habe, frage ich auf dem Weg zurück in die Klasse, diesmal verwende ich extra das richtige Wort, wie ich davor auch extra das falsche benutzt habe, und ich weiß, ich stehe jetzt unter dem Schutz der verordneten Nachsicht, was immer das auch bedeutet. Die Lehrerin sagt, ein Wort wie *schattenscheckig* passe einfach nicht in einen Schüleraufsatz, und außerdem höre es sich gar nicht schön an, zwei *sch* hintereinander, das klinge wie eine zischende Dampflok. Aber es kommt doch aus der *Sternenmühle*, sage ich, meinem liebsten Kinderbuch, *das Schattenscheckige, Sonngebleichte, das Mondgewobne und Sternbestickte, das Windzerrissene und Laubgeflickte* und so weiter, vor Aufregung bin ich nicht mehr sicher, wie es weitergeht, obwohl ich den ganzen Buchtext auswendig konnte. Dichter und Dichterinnen dürfen das, sagt die Lehrerin, ihr Gesicht ist rot, und auch am Hals sehe ich Flecken.

Nachbarn haben der Tante einen Sack gegeben, einen gelben Plastiksack, auf dem *Caritas* draufsteht, Gewand für mich, aber ich werde nichts davon anziehen, ich möchte nicht, dass die Mädchen rundum ihre Kleider an mir wiedererkennen, ihre Röcke, Pullover und Blusen. Die Tante sagt, ich soll alles anprobieren und vorführen, zu große Teile könne sie ändern, kürzen und enger machen, schon hat sie den Sack ausgeleert, holt Stecknadeln und Schneiderkreide, Tante, sage ich, eine Jeans hätte ich vielleicht genommen, aber den Mausrock da will ich nicht, ich mag die Rüschchenbluse nicht und auch nicht diesen Pullover, ich hasse Pullover mit V-Ausschnitt. Die Tante schlichtet alle Klamotten, der Tisch im Wohnzimmer sieht aus wie ein Marktstand, einzeln hält sie dann jedes Stück in die Luft und preist es mir an. Ein Blick in mein Gesicht, dann legt sie es wieder zusammen. Dankbar sei sie gewesen für solche Geschenke, sagt die Tante, damals, als sie 1940 vom Kanaltal hierhergekommen sei, in Kärnten habe man sie mit Kleidern versorgt, und ich wäre *haklich*, aber alles Werben ist verlorene Mühe, ich werde nichts davon tragen. Was machen wir jetzt damit, fragt die Tante nach einer Weile. Der Onkel schlägt vor, das Gewand in die Tauschzentrale zu bringen, so bekäme man etwas dafür, um Himmels Willen, sagt die Tante, da gehen ja auch die Nachbarn hin. Die Altkleidersammlung wäre die Lösung für den Caritassack, meint die Tante, so käme das Gewand ins Erdbebengebiet, und ich sage jetzt nichts von den Tonnen an Altkleidern und Decken, die umsonst nach Friaul gekommen sind, nein, nicht ganz umsonst, Papa sagt, es würden Fleckerlteppiche daraus gemacht und Putzlappen, über den Tarviser Markt kämen die Textilien dann wieder zurück zu den Spendern.

Fünf vor elf sollen wir vorne beim Ausgang sein, aber ich muss zurück zur alten Frau auf dem Ölbild, ich muss sie noch einmal sehen, will allein sein mit ihr. Die Frau trägt ein blau-lila Gewand, trägt einen Schal über dem Haar wie einen Schleier, der hinunterreicht bis zu den Händen, hinter ihr leuchtet ein sattes Türkis von der Leinwand. Ich horche nach rechts und horche nach links, niemand ist mehr da, nur unter meinen Füßen knarrt der Boden, als ich mich hinknie und ein Kreuzzeichen mache, ich weiß nicht warum. Was immer nur eine Bewegung des Armes war wie beim Turnen, kommt jetzt aus einem Gefühl, aus einem Beben im Innern, die blaue Frau, eine Madonna mit sechzig, sie muss eine Heilige sein, auch wenn mein Nonno immer gesagt hat, Gott und die Heiligen, das sind nur Erfindungen der Kapitalisten.

Wir müssen zum Zug, ich laufe zum Ausgang der Galerie, schon wieder zu spät, höre ich die Lehrerin sagen, aber um mich ist ein Schutzmantel aus Blau-Lila-Türkis. Ich denke an die Madonna in Pontebba, die keine Haut hat über dem Herzen und eine Öffnung im Gewand an dieser Stelle, alle sehen die Flammen. Oma kniet sich immer hin vor dieser Marien-Figur mit dem Schleier über dem Haar, auf einmal spüre ich jetzt ein Brennen tief in der Brust. Wer die blaue Frau sei, das frage ich erst kurz vor Villach. Von der Antwort hätten mir die fünf ersten Worte gereicht, eine Dichterin aus dem Lavanttal, sagt die Lehrerin, aber was die geschrieben habe, wäre nichts für junge Mädchen wie mich. Ein bisschen verrückt sei die sicher gewesen, eine Künstlerkrankheit. Die Lehrerin nennt einige Namen, deutsche Dichter mit geistiger Umnachtung, ein paar von ihnen hätten sich sogar das Leben genommen. Umnachtung, ein so schönes Wort, aber es bedeutet sicher nichts Gutes. Dichten ist ein gefährliches Handwerk, denke ich, ein Weg in die Nacht, die einen schwarzen Kokon um einen spinnt, aber vielleicht ist diese Dichter-Umnachtungsgeschichte auch nur so eine erfundene wie die von Oma, als sie gesagt hat, im Himmel sitze jemand mit Nadel und Faden, der zu Mitternacht einen Tag an den anderen nähe, sonst würde es weder Wochen geben noch Jahre. Ich muss vorsichtig sein, will nicht mehr alles glauben wie früher.

Heute sind Gäste da, Leute aus Knittelfeld, sie wollten Oma besuchen, die zum Feiertag von Pontebba nach Villach gekommen ist, zum *Volksgeländemarsch*, zu Ehren der österreichischen Nation geht man hier wandern am 26. Oktober, aber für eine Medaille mit Adlerkralle hat es heuer nicht gereicht, die zweite Hälfte des Weges legte Oma mit dem Onkel auf Gummireifen zurück.

Ich war zu faul, wollte lieber zu Hause bleiben mit der Tante, das hat uns der Onkel übel genommen.

Ein bisschen *aufmascherln* sollte ich mich, hat die Tante gesagt, und das bedeutete so viel wie blauer Rock und weiße Bluse, also bin ich blauweiß hinuntergegangen zum Gartentisch, *zur Feier des Tages* gibt es das gute Porzellan-Service und Papier-Servietten mit Blümchen. Ich hasse dieses Dabeisitzenmüssen, das Zuhörenmüssen, das Mitessenmüssen, und noch mehr hasse ich das Vorgestelltwerden, aaahhh, aus Venzone, ooohhh, ein Erdbebenopfer, und immer kennt jemand irgendwen, der *unten* war, um den *armen Teufeln* zu helfen, aber heute ist alles noch schlimmer, diese Besucher sind Verwandte einer verstorbenen Freundin von Oma, Bewohner der Kanaltaler-Siedlung in Knittelfeld, alles klar!, Onkel Hans hat willige Zuhörer für seinen Geschichtsunterricht, denke ich, es geht wieder los mit Hitler und Mussolini und mit dem Verrat der Italiener in beiden Kriegen, aber ein Knittelfelder ist da anderer Meinung, der Onkel aber lässt keine andere Meinung zu, er redet und redet und wird immer lauter.

Aber Hansi, sagt die Oma, jetzt red doch nit auf die Weis', der Onkel schnauft, die Tante rückt Tassen und Teller zurecht, sie putzt Brösel vom Tischtuch, was hier im Garten erlaubt, in der Wohnung aber strengstens verboten ist, ich bemerke ihren ängstlichen Blick, ob der Onkel gleich schreien wird?, aber der Onkel schreit nicht, mehr als eine aufsteigende Röte ist nicht zu bemerken, von Oma lässt er sich so etwas sagen, sie ist die ältere Schwester, zwanzig Minuten vor ihm geboren.

Als drei Nachbarn dazukommen, gibt es einen Gartensessel zu wenig, danke fürs Ablösen, denke ich mir und stehe schnell auf, es ist meine Chance mich davonzumachen, ohne jemanden zu verärgern, ich gehe hinauf in mein Zimmer, ziehe Rock und Bluse aus, schlüpfe in Jeans und T-Shirt und putze mit Beatles-Musik die Stimme des Onkels aus meinen Ohren.

In Warmbad-Villach hat die Tante eine Auslage, Werbung für ihren Damensalon in der Stadt, im Urlaub sitzt das Geld locker, sagt sie, nicht wenige Kurgäste tragen maßgeschneiderte Kleider. Obwohl die Tante die Deutschen nicht so recht mag, weil die an Regentagen die Stadt verstopfen, aber ihr Geld stinkt nicht, sagt die Tante, der Kohlegeruch aus dem Ruhrgebiet verfliegt schnell.

Alle paar Wochen bekommt die Schaufensterpuppe in Warmbad ein neues Gewand, ich helfe jetzt beim Aus- und Anziehen, das gefällt mir, auch beim Dekorieren mache ich mit. Mit der Tante ist es meist lustig, wenn der Onkel nicht in der Nähe ist, gern besuche ich sie in ihrer Werkstatt im Haus neben dem Parkhotel, ich mag das Durcheinander von Stecknadeln und bunten Nähseiden dort, von Stoffresten und Schnitten, ich mag die halb fertigen Kleider auf der Schneiderpuppe, die keinen Kopf hat, die großen Kurvenlineale, die Nähmaschinen.

Ganz anders die Wohnung, da gibt es nur rechte Winkel, alles ist kariert, Hemden, Taschentücher und Tischdecken, auch die Stoffauflagen der Gartensessel, sicher hat die Onkel Hans ausgesucht. Der große Setzkasten im Vorzimmer, Figuren in Reih und Glied, auch in den Schränken ist alles geordnet, die Wäsche liegt in Stapeln millimetergenau übereinander, meine Sachen legt die Tante zusammen, dem Ordnungssinn des Onkels könnte ich niemals genügen, regelmäßig öffnet er alle Türen für eine Kontrolle. Ich möchte in die Werkstatt umziehen, aber das ist nicht möglich.

Ich glaube, auch im Kopf des Onkels gibt es nur rechte Winkel, entweder denkt er auf einer Linie oder neunzig Grad um die Ecke, als ob es dazwischen nichts gäbe, als ob alles andere nur Unordnung machte.

Ich wäre viel mehr eine Deutsche als eine Italienerin, sagt der Onkel, weil ich im Bauch von Mama gewachsen sei, und Mama hätte einen rein deutschen Körper. Papas Anteil, eine wallische Kaulquappe, fiele da kaum ins Gewicht. Du musst weghören, wenn er damit anfängt, sagte vor kurzem die Tante, die dem Onkel nicht sehr oft widerspricht, warum eigentlich?, weil sie *den Frieden wahren* wolle, welchen Frieden?, fragte ich weiter, der Onkel steht doch immer mitten im Kampf.

Wenn Mama mit ihm redet, bekommt sie rote Flecken am Hals, und dann sagt Papa, reg dich nicht auf, sonst wachsen dir Gallensteine. Die werden bei uns Familienkrankheit genannt, meine Oma in Pontebba und die Tante in Villach haben schon welche im Gläschen, als Andenken an die Operation. Mit fünf Jahren habe ich Mama ein helles Puder geschenkt für den Hals, damit sie keine Gallensteine bekommt.

Nur wenn er mit mir angeben kann und Punkte sammeln, ist das *Daitsche* weniger wichtig, dann sagt der Onkel, dass er ein Erdbebenopfer aus Venzone beherberge. Immer wieder kommen Leute ins Haus, die mit mir ihr Stranditalienisch üben wollen für den Sommerurlaub in Lignano oder Bibione, *andiamo al mare*.

Ich soll nett sein in Villach und folgsam, sagt Papa am Telefon, ich soll mich anpassen, Papa, der ganz genau weiß, dass ihn der Onkel nicht leiden kann, aber jetzt ist Dankbarkeit wichtig. Es ist besser mit den Füßen auszurutschen als mit dem Mund. Hier in Venzone gibt es neue Hoffnung, sagt Papa, die Trümmer unseres Doms *Sant'Andrea Apostolo* werden nummeriert und aufgelistet, die Kirche später einmal neu aufgebaut. Immer noch kommen viele Leute nach Friaul, Helfer, die Brauchbares bringen und Unbrauchbares, aber leider auch Gaffer und Katastrophentouristen, die nur herumstehen und fotografieren.

Früher war das Kabinett auch der Funkraum des Onkels. Seit ich darin wohne, schickt er seine

Sprüche vom Wohnzimmer aus in den Äther, drei Mal die Woche um Punkt neun am Abend tauscht er sich mit dem Tierarzt aus, den er immer *Veterinärmediziner* nennt, sobald er jemandem von ihm erzählt, Ve-te-ri-när-me-di-zi-ner, jede Silbe gedehnt, jede Silbe mit großem Gewicht, was ist dagegen ein Tierarzt. Onkel Hans, der sonst nie ein Fremdwort gebraucht, hat einen weitschichtigen Verwandten, der jemand ist hier in Kärnten, ein Mann mit Kontakten, auch die Hunde von Landesräten bekommen Würmer und Augenentzündung.

Mit Doktor Erath geht Onkel Hans in die Berge, dort werden Fotos gemacht von Felsen und Gipfelkreuzen, von Steilhängen und Schneefeldern, schon ein ganzer Kasten ist voll mit gerahmten Dias, einmal im Monat ist Vorführabend. Ich weiß, dass die Tante diese Dia-Abende hasst, aber sie sitzt zwei Stunden im Dunkeln und schaut hin zur Leinwand, Bergrücken und Felswände gibt es zu sehen, Rucksäcke, Karabiner und Seile, die Männer beim Eintragen ins Gipfelbuch.

Beim Funken am Montag, Mittwoch und Freitag wird der Fernseher abgeschaltet, um Punkt neun für genau zehn Minuten, zehn Minuten geht es dann um markierte Wege und Klettersteige, um Proviant und Wetterprognosen, hin und wieder auch um die eingeschläferten Tiere des Tages, ich gewöhne mich nicht daran, dass die

Tötung mit einer Spritze auf Deutsch an Wiegenlieder denken lässt und ans Traummännlein.

Auf dem Küchentisch liegt ein Brief von Papa, ich reiße ihn auf, der Brieföffner im Wohnzimmer ist zu weit weg. Im Kuvert ist ein Foto, aber auch Lirescheine sind drin. Endlich wieder Taschengeld. Auf dem Foto alte Frauen mit Kopftüchern, sie stehen vor dem Apothekenzelt. Warum er mir so etwas schickt. Hinten drauf Papas Handschrift, kuliblau: Viele Krankheiten sind verschwunden, als hätte das Erdbeben sie verjagt, aber den Fußpilz der Nonna hat es nicht beeindruckt. Bitte besorge ein Fläschchen mit Molkosan, das hat schon einmal geholfen. Papa

Ein Auftrag. Sonst nichts.

Früher habe ich mir eine Kamera gewünscht, bei der man nicht warten muss, bis der Film verknipst ist, das dauert oft einige Monate, und dann noch die Zeit, bis er eingeschickt wird, bis er vom Entwickeln zurückkommt, aber seitdem Papa mit so einem Apparat fotografiert, den Adriaurlauber ihm geschenkt haben auf ihrer Fahrt zurück nach München, seitdem aus Venzone Schnellfotos in Briefkuverts kommen, Fotos mit Ruinenkulissen, mag ich diese *macchine polaroid* nicht mehr. Ich hasse die Fotos mit der dunklen Fläche hinten drauf, sie machen mir Angst.

Früher war es wie Zauberei. Das Surren der Kamera. Das ausgeworfene Fotopapier. Das Zuschauen, wie Farben und Formen erscheinen.

Die Tante mag auch keine Bilder aus diesen Apparaten, weil man nichts wegretuschieren kann, sagt sie, auf den Porträts vom Studio sieht sie viel jünger aus, ihr Gesicht ist ganz glatt, wie das der Frau auf dem Karton ihrer Creme, morgens und abends schmiert sie sich damit ein. Sauteures Zeug, sagt der Onkel, aber es ist die richtige, Tante Rosa hat sie gekostet: Laut ihrem Naturheiler mag auch der Magen die passende Creme, von der falschen wird einem übel. Der Onkel findet das blöd, er sagt, die Tante fresse *dem* aus der Hand, dritter Fall, und im ersten Fall nennt er den Heiler einfach nur *der. Der hat ihr schon wieder einen Floh ins Ohr gesetzt.* Manchmal sagt er auch Scharlatan oder Quacksalber, wenn er von ihm spricht, lauter neue Wörter für mich, bei Kurpfuscher zischt es wieder, und auch beim Scharlatan. Dampfende Wörter.

Bei Tante Rosa im Schrank habe ich zwei Molkosan-Fläschchen entdeckt, beide sind angebrochen, eines davon steht weiter hinten und hat braune Flecken auf dem Verpackungskarton. Die Zeichnung darauf finde ich lustig: ein Bauer mit hellgelben Kniehosen und weißen Socken, auf dem Boden daneben ein Tragkorb mit Riemen. Im

Hintergrund eine Almlandschaft mit Holzhaus wie aus dem Heidi-Buch. Das Fläschchen mit dem schönen Karton packe ich ein. Dann brauche ich keines zu kaufen und muss das Geld nicht dafür verwenden. Wenn ich das Molkosan nach Venzone bringe, sage ich einfach, ich hätte gestern Halsweh gehabt und damit gegurgelt. Rat des Naturheilers. Der ist ja schon fast ein Familienmitglied.

Ich bin eine lebendige Schaufensterpuppe, trage Rock und Bluse aus dem gelben Caritassack. Unter den nackten Füßen ein Plastikrasen, auf dem Trümmer liegen, weißgraue Kalksteine, jeder davon trägt eine Nummer. Ich starre nur in eine Richtung, aber ich spüre die Blicke der Leute, bemerke Finger, die hereindeuten auf mich, manche berühren die Auslagenscheibe. Gesichter kommen ganz nahe.

Ein Ruck geht durch mich hindurch, die Scharniere lösen sich, ich kann meine Glieder wieder bewegen, bücke mich, nehme einen Stein vom Boden und schleudere ihn gegen das Glas. Beim Geräusch der zerspringenden Scheibe wache ich auf.

II.

Habe wieder damit begonnen, alles auch rückwärts zu lesen, zu denken, aber jetzt mache ich es auf Deutsch. esaV, relatnemmE, kramnekcüR. Mit den italienischen Wörtern von hinten kenne ich mich lange schon aus, unser Spiel auf den Schotterinseln des Tagliamento, reihum sagten wir Wörter rückwärts. Wer dabei stolperte, warf einen Stein ins Wasser, wer zehnmal geworfen hatte, schied aus. Am siebten Mai wurden es Sätze, einen Tag nach dem Beben, im Gemeinschaftszelt fand ich nicht in den Schlaf, und für das Schäfchenzählen, das Rezept meiner Nonna, war ich zu alt. Zuerst ganz kurze Sätze, dann längere, später Sätze mit Beistrich, durchs viele Üben ging es bald schneller, vor und zurück, hin und her, jeder Satz eine Wiege.

Hier in Villach sammle ich Lob wie früher Anhänger für mein Bettelarmband, Muschel, Hufeisen, Eule und Käfer, Herz, Fliegenpilz, Stiefel, Lindwurm und Vierklee. Wie gut du schon Deutsch sprichst, und fast ohne Akzent, das höre ich immer wieder von Leuten, die meine Familie nicht kennen, und dann sage ich kein Wort von meinen Kanaltaler Großeltern, nichts von den vielen Kinderbüchern auf Deutsch, nichts vom gemeinsamen Zeitunglesen mit Oma, wenn ich bei ihr in Pontebba war. Ich hänge mir das Lob einfach um, falsche Perlen, aber sie glänzen.

Metallringe kratzen die Schiene entlang, ich ziehe den Vorhang zur Seite. Im Kasten dahinter riecht es nach Großvater, er ist wach, aber er sagt nichts, selten sagt er noch etwas. An seine Stimme von früher erinnere ich mich nicht mehr, nur mehr an Heiserkeit und Husten, ich habe mich ans Flüstern gewöhnt, das geht lange schon so. Großvaters Flüstern kommt zum Teil aus dem Mund, zum Teil aus dem Röhrchen an seinem Hals. Das Röhrchen muss oft ausgeputzt werden, es ist Schleim drin, Opas Flüsterschleim.

Er hat zu viel geredet in seinem Leben, sagt Oma, die Stimme ist ihm ausgegangen, wie einer Füllfeder die Tinte. Wenn ich den goldfarbenen Vorhang zuziehe, sehen wir den Großvater nicht mehr, aber wir hören ihn, er atmet durchs Röhrchen, oft macht es ein Geräusch wie eine dicke Suppe im Topf auf dem Herd. Mein Opa im Kastenbett. Stoff anstatt Türen. Auf der Holzplatte über ihm, die für Opa der Himmel ist, an der Zeichnungen von mir kleben mit Wolken und Engeln, steht oben drauf eine Vase mit getrockneten Blumen, Tablettenschachteln sind dort und Omas Brillen, die ich erreichen kann, wenn ich einen Stuhl ans Kastenbett ziehe.

Für Oma ist die Wahrheit ein Kleidungsstück. Warum sie mir damals dieses Märchen erzählt hat von Großvaters verlorener Stimme, das habe ich sie vor kurzem gefragt. Es wäre eine Zumutung gewesen für dich, hat sie gesagt, du warst so klein, ich wollte dir nicht Angst machen mit seiner Krankheit. In die Wahrheit muss man hineinwachsen, wie in einen Mantel, der noch zu groß ist.

Kann man aus der Wahrheit auch wieder herauswachsen?

Onkel Hans sagt, mein Großvater aus Pontafel, der italienische Name Pontebba kommt ihm nie über die Zunge, mein Großvater sei krank geworden, weil ihm die Italiener seine Muttersprache verboten hatten, in der Schule, auf der Straße, im Gasthaus, nirgends mehr war es erlaubt, Deutsch zu reden, Onkel, sage ich, das ist schon so lange vorbei.

Ja, aber der Schleim auf die Italiener ist ihm immer geblieben.

Ich weiß, dass der Onkel mich nicht mag, weil mein Vater ein Wallischer ist, weil das deutsche Familienblut in mir vermischt ist mit dem seiner Feinde, aber seitdem ich sächlich bin und aus drei Wörtern zusammengebaut, ein Erdbebenopfer, hat er doch etwas von mir, viele loben ihn jetzt und nennen ihn einen großzügigen Helfer. Er und die Tante haben mich aufgenommen, seit Ende September wohne ich bei ihnen im Norden von Villach.

Aber es gibt auch Leute mit dem richtigen Blut, die der Onkel nicht mag, Hannes kommt schlecht weg bei ihm, Hannes, der ein Sohn ist von Optanten aus Malborghetto, ein echter Kanaltaler, nur eben in Villach geboren, Onkel Hans nennt ihn einen Zottigen, der mit einer Affenschaukel herumfährt (wer sich in einen Citroën 2CV hineinsetzt, ist also ein Schimpanse oder ein Gorilla?), dieses Auto schaffen sich nur Leute an, die Haschisch rauchen und immer dabei sind, wenn es wo einen Radau gibt mit Transparenten. Ich aber sehe eine Meerkatze am Steuer, Herrn Nielsson, sage ich, ja, von mir aus eben der Affe von Pippi Langstrumpf, meint der Onkel, die ist ja auch so ein Hippie-Mädchen, ein schlampiges, und ich denke mir, lieber zehn schlampige Pippis als ein Onkel mit Ordnungsfimmel, bei dem das Besteck immer ganz gerade und parallel auf dem Tisch liegen muss, der Dessertlöffel genau neunzig Grad herum, er hat einen Winkelmesser eingebaut in seinen Augen und eine Wasserwaage, wenn ein Bild nur um einen Millimeter schief hängt, wird er nervös. Gern würde ich dem Onkel sagen, dass ich seine Frisur schrecklich finde, die hinaufgeschorenen Haare, den wie mit einem Lineal gezogenen Scheitel, und dass mir Hannes gefällt mit seinen langen Zotten, manchmal bindet er sie sogar mit einem Gummi zusammen. Gern würde ich jetzt sagen, dass die Tante immer das Wort Affenliebe gebraucht, wenn sie von Omas Verhältnis zu Onkel Hans spricht, ihrem Zwillingsbruder. Aber ich bin vorsichtig, will ihn nicht reizen, er hat mir das Geld für eine Jeans versprochen, spuck nicht in den Teller, aus dem du isst. Nur in Gedanken setze ich mich auf den Tisch, auf das gehäkelte Zierdeckchen, weg da. Es hebt mich hoch, ich rudere mit den Armen, steuere am Luster vorbei, Onkel, rufe ich von oben, zwei mal drei ist vier, wiedewiedewitt und drei ist neune, und dann bin ich weg, beim Fenster hinaus, die mit Maisstärke in Form gebrachten Spitzen krümmen sich im Flugwind, gestern noch waren sie mit Stecknadeln zum Trocknen auf einem Brett fixiert.

Wie die Tante ihn aushält. Hin und wieder höre ich abends, dass sich der Schlüssel im Schloss der Schlafzimmertür dreht, und dann ist es still, kein Wort mehr von der Tante, deren Stimme ich sonst oft lange noch höre, kein Räuspern, kein Gähnen. Nach einiger Zeit wieder ein Klacken im Schloss, bevor sich die Tür öffnet und die Tante ins Bad geht. Dieser Stille zwischen dem Zu- und Aufsperren traue ich nicht, vor allem, wenn der Onkel in der Früh dann Melodien pfeift, was er sonst nur macht, wenn er getrunken hat.

Der Mund der Tante wurde lange vor ihrem Bauch ausgeräumt, zumindest die obere Zahnreihe, schon vor der Hochzeit, damit dem Onkel danach nicht hohe Kosten entstünden, damit er nicht Ärger bekäme mit Kronen und Brücken. Einen Plastikgaumen möchte ich nicht haben und auch nicht Zähne aus Kunststoff, obwohl die Tante ihre Prothese praktisch nennt, nie mehr Zahnweh, nie mehr bohren. Aber wenn beim Essen etwas hineinrutscht unter ihre Prothese, Mohn, Nüsse oder Himbeerkerne, wenn Saugen und Zungenschnalzen nichts nützen, muss die Tante immer ins Bad.

Die Nonna trägt Decken zum Friedhof, sagt mein Vater am Telefon, fünf liegen schon übereinander auf Zio Antonios Grab, damit dem Buben nicht kalt wird, nein, keine Evakuierung nach Lignano, das ist unmöglich, die Nonna wehrt sich noch immer trotz der Kälte im Zelt, und die Spitäler sind voll und zum Teil sogar selbst evakuiert, sagt Vater, und ich verstehe nicht, warum er überhaupt vom Krankenhaus spricht; als die Nonna einmal dorthin musste nach einem Kreislaufzusammenbruch, da nannte sie das Rettungsauto einen Leichenwagen, sie wehrte sich mit Händen und Füßen, und Vater selbst hatte Zweifel, ob die Nonna zurückkommen würde, aber zwei Tage später war sie wieder zu Hause, beim Besuch von Zio Antonio hatte sie ihren Kopf gegen die Wand geschlagen, nimm mich mit oder ich springe hier aus dem Fenster.

Immer wieder versuche ich mich in die Trauer der Nonna einzuschleichen, damit ich endlich über den Tod von Zio Antonio weinen kann, aber da ist eine rußige Glaswand, die lässt mich nicht durch.

Weil Zio Antonio nicht mehr am Leben ist, haben Omas Lungen noch eine Chance. Mama hat immer von einem Teerfilm gesprochen, der Schuld habe an Omas Husten, Oma, die nie eine Zigarette geraucht hat, aber ständig den Qualm einatmen musste, in der Küche und im Salon, seit seine Vögel weg waren, hatte ihr Sohn nichts anderes mehr zu tun.

Früher nannte ich ihn Zio Uccello, Vogelonkel, er nahm mich mit ins Nebengebäude, wo die Voglieren standen, und wenn er nicht da war, durfte ich den Kassettenrekorder einschalten, nach einer Stunde zurückspulen und wieder den Startknopf drücken; man muss schon den Jungen einen schönen Gesang vorspielen, sagte Zio Antonio, der selbst die Laute der Vögel nachahmen konnte, Buchfinken, Wachteln, Drosseln und den Gesang der Amseln, auf einer Bühne bei der Vogelmesse in Sacile hat er sein Können gezeigt und ist damit sogar ins Fernsehen gekommen.

Im Sommer darauf durfte ich ihn auf die Messe begleiten, an einem heißen Sonntag im August, aber die Hitze störte mich nicht, ich stand neben einem Onkel, der schon einmal im Fernsehen war, ich konnte den Gesprächen folgen, die er mit anderen Züchtern führte und mit Leuten, die stehen blieben bei seinen Vögeln, und beim Singwettbewerb gewann eine von Zio Antonios Drosseln den Preis. Ein Reporter fotografierte den Onkel, auch ich war daneben im Bild, Gewinner Antonio Pascoli mit seinem Goldkehlchen, rechts Assistentin Vera, stand unter dem Foto, den Zeitungsausschnitt klebte die Nonna an die Vitrine mit dem Sonntagsgeschirr.

Zwei Wochen später öffnete er die Voglieren. Alle suchten nach einer Erklärung, doch wenn man ihn fragte, zuckte Zio Antonio nur mit den Schultern und sah hinauf in den Himmel. Die Vögel waren weg und kamen nicht wieder, obwohl ich sie rief, obwohl ich die Kassetten abspielte und dabei mit dem Rekorder herumging, manchmal bis hinunter zur Brücke über den Tagliamento.

Wir haben hier einen Englischlehrer aus Schottland, der komisch riecht und immer dasselbe Sakko trägt. Aus den Sakkotaschen holt er kleine Magnete mit Bienen und Schlangen aus Plastik, die sollen uns helfen beim Aussprachetraining, er schreibt die Tafel voll und danach werden die Magnete richtig platziert. Mein Bienen-S sei wonderful, sagt er, das Schlangen-S sowieso kein Problem, aber das englische R vor Selbstlauten schaffe ich nicht, da vibriert es entweder auf meinem Gaumen oder es knattert im Kehlkopf, auch die zwei THs habe ich in Italien nicht richtig gelernt.

Im Naturkunde-Kammerl steht ein Skelett auf Rädern. Eine ehemalige Schülerin war das, sagt die Lehrerin, sie hatte Krebs und hat ihre Knochen der Schule vermacht. Seither rollt das Skelett durch die Gänge, nur über die Stiegen wird es getragen. Ich soll die Wirbel hinunterzählen, fünf Halswirbel, zwölf Brustwirbel, fünf Lendenwirbel, mein Finger bleibt in der Luft hinter dem Rückgrat, und hier sind Kreuzbein und Steißbein, die Lehrerin greift der toten Schülerin von vorn durch den Luftbauch und umschließt die Knochen mit ihrer Hand.

Ob die Organe begraben wurden, ob es einen Sarg gab für Herz, Nieren, Magen, für Augen und Muskeln, ob auch das große Geschwür mit dabei war. Der Religionslehrer spricht immer vom Körper als Wohnung des Heiligen Geistes, da gebe es Haupt- und Nebenräume, sagt er. Bei Frauen sei der wichtigste Raum das Gebärmutterzimmer. Pfarrer Blatnik kommt zwei Mal pro

Woche in die Klasse, um uns den Himmel näherzubringen, aber wir interessieren uns für andere Dinge, für Schmuck und Schminke, für Popstars und die Artikel in den *Bravo*-Heftchen unter der Bank.

Rechts fehlt dem Pfarrer der Zeigefinger, ein Unfall in jungen Jahren, diese Geschichte erzählt er immer wieder von Neuem, der helle Klang des Sägeblatts, das kurze Knacken, dann Blut, eine mit dem Taschentuch abgebundene Hand, und niemand dachte an den Finger, erst am nächsten Tag ging sein Vater ihn suchen, irgendwo zwischen den Holzstücken fand er ihn dann, in einem Mantel aus Sägespänen, verklebt mit Blut. Wie eine Schupfnudel mit Mohn war das hinfällige Fleisch verdeckt, sagt Pfarrer Blatnik, vielleicht gefällt es ihm, dass wir unsere Gesichter verziehen, dass wir aufmerksam sind, wenn er davon erzählt, und zum Ausgleich wiederholt er auch die Geschichte der Schülerin mit den sechs Fingern an einer Hand, ihre Eltern gaben als Zeugen Jehovas nicht die Erlaubnis zu einer Operation.

Ob ich ihm Fotos zeigen soll vom Gotteshaus in Venzone, von den Trümmern unseres Doms *Sant'Andrea Apostolo*, beim großen Beben Mitte September ist nun auch der Turm eingestürzt. Im Mai schon sind Engel und Heilige heruntergefallen, Flügel und Glorienscheine zerbrochen.

Von meinem Platz auf dem Sofa schaue ich durchs Fenster hinaus. Etwas in den leeren Himmel zu schreiben, das ist mir nicht möglich, erst bei heruntergelassener Jalousie und quergestellten Lamellen kann ich beginnen, jetzt ist der Himmel liniert.

Die Nonna auf einem Campingstuhl vor dem Zelt, in den Händen Strickzeug, die Nadeln klappern.

Mein Vater, der zum Maurer geworden ist. Die Mischmaschine vor den Trümmern unseres Hauses.

Der schwarze Hund, der auf drei Pfoten durchs Zeltlager hinkt, um den Hals ein Goldkettchen, an dem ein Schutzengel baumelt.

Leute aus Kärnten, die Säcke mit Altkleidern bringen, nur wenige haben den Spendensack mit dem Mistkübel verwechselt oder mit dem Schmutzwäschekorb, wir finden auch viele sehr schöne Sachen, Ballkleider zum Beispiel, im Juli machen wir zu fünft eine Modenschau, abends unten am Fluss, auf einer Lichtung des Auwalds, wo niemand uns sieht.

Mein Lieblingsstück aus den Säcken: ein Schottenrock, wegen der riesigen Sicherheitsnadel.

Tausende Trümmer unseres Domes liegen auf Wiesen verstreut, jedes davon bekommt eine Nummer.

Ich schreibe mir ein neues Haus in den Himmel, ein Haus aus Wörtern und Sätzen.

Heuer entfällt das Keksdosentreffen, das gab es immer bei Oma, am zweiten Adventsonntag, viele Verwandte kamen zu ihr nach Pontebba, aus Venzone und Villach. Das letzte war ein Rekordjahr, insgesamt 23 Sorten wurden verkostet. Zuerst nur Gespräche über Ausstecher, Kipferlgrößen und Backpulvermengen, alles langweilig für mich, aber die alte Geschichte schwebte zugleich schon im Raum, und ich wusste, irgendwann ginge es wieder los; interessanter war für mich, wenn die Verwandten zu diskutieren begannen. Onkel Hans sagte, die Wallischen haben mich aus der Heimat vertrieben, und staatenlos war ich dann in Österreich mit Ende des Krieges, und obwohl ich ein Altösterreicher bin, musste ich zahlen für die Staatsbürgerschaft, das können wir dem Mussolini verdanken, diesem Arsch mit Ohren. Bei deiner Geburt war die k. & k. Monarchie aber schon Geschichte und das Kanaltal kam dann zu Italien, du bist also viel eher ein Italiener, sagte Mama, was den Onkel ärgerte, hört auf, bat Oma, aber Mama wollte nicht aufhören, warum bist du dann nicht zurückgekommen nach Pontebba, fragte sie, schau an, die Südtiroler, im Kanaltal hätte es auch Strommasten zum Sprengen gegeben. Schluss damit!, Oma stand auf und ging in die Küche, und dann sagte die Nonna, jetzt hört doch auf mit der alten Geschichte, die ist keine Minestra, die durchs Aufwärmen besser wird.

Dass der Onkel 1939 fürs Deutsche Reich optiert hat, spricht bei den Keksdosen nie jemand aus, aber ich weiß es von Mama.

Manches darf man nicht laut sagen, sondern nur leise hinter dem Rücken, sonst gibt es eine Explosion, anderes muss man ganz für sich behalten. Dass Bekannte Zio Antonio in Grado gesehen haben, eine Woche vor dem Beben im Mai, am Boden sei er gesessen mit einem Hut in der Hand und einer Weinflasche an seiner Seite, gezwitschert habe er und gepfiffen, das soll die Nonna niemals erfahren.

Nächste Woche ziehen wir in das Fertigteilhaus, schreiben die Eltern. Ein Schwarz-Weiß-Foto ist auch im Kuvert. Das also wird mein neues Zuhause, eine Sardinenbüchse mit Fenstern, das Wellblechdach spiegelt sich in der riesigen Lacke davor. Ich will nicht dort wohnen, möchte ich in meinen Antwortbrief schreiben, stattdessen frage ich nur, bis wann ist unser altes Haus repariert?

Ich warte, dass die Seen zufrieren, davor werde ich in der Eishalle üben. Der Onkel hat mir Schlittschuhe organisiert, in der Tauschzentrale, weiße Damenschlittschuhe aus Leder, wie die Kunsteisläuferinnen sie tragen im Fernsehen, sie sehen fast aus wie neu.

Hannes treffe ich jeden Tag in der Pause. Er geht in die letzte Klasse und macht sich viele Gedanken über die Politik und die Gesellschaft in seinem Land. Hannes will Geschichte studieren. Ich höre ihm zu, weil ich ihn mag und obwohl ich die Leute nicht kenne, von denen er mir erzählt. Doch lieber würde ich mit ihm ins Kino gehen zu einem Film mit Bruce Lee.

Unserem Zeichenlehrer zuzuhören ist viel interessanter, aber der ist schon alt. Ein Bein habe er im Krieg liegen lassen, sonst wäre er sicher Turnlehrer geworden oder Marathonläufer, aber vielleicht turne das Bein jetzt in Russland alleine herum, solche Witze macht er am laufenden Band. Er nennt mich immer VerawieVase, daran bin ich selbst schuld, denn beim ersten Mal habe ich ihm gesagt, ich heiße nicht Vera wie Villach und Veilchen. Ich glaube, er ist ein Künstler, auf jeden Fall malt er Bilder in unsere Alben und pinselt in Schönschrift Sprüche dazu.

In mein Stammbuch hat er geschrieben: Wenn du lachst, lachen alle mit dir, wenn du weinst, weinst du allein. niella ud tsniew, tsniew ud nnew, rid tim ella nehcal, tshcal ud nneW.

III.

Auf den Entschuldigungszetteln meiner Mitschülerinnen steht immer wieder „unwohl“ drauf. Dass „Unwohlsein“ eine Umschreibung ist, hat mir die Tante erklärt. Für die blutige Sache, die bei mir begonnen hat vor fast einem Jahr. Dass dann ab Mai nichts mehr kam, habe ich erst im Juli bemerkt. Aber seit Weihnachten ist es Familienthema. Einen Termin beim Naturheiler hat die Tante schon ausgemacht. Wir gehen das jetzt einmal sanft an, hat sie gesagt.

Das Unwohlsein meiner Kolleginnen geht mir auf die Nerven, sie geben mit ihrer Regel an.

Der Bindengürtel der Tante, ein rosa Ding. Den kannst du haben, hat sie gesagt, ich brauche ihn ja nicht mehr, aber niemand in meiner Klasse trägt so etwas, ich habe die Mädchen darüber sprechen hören und kichern, voriges Jahrhundert sei das, und auch Mama hat mir keinen gegeben, als es bei mir damals soweit war. Meine Kolleginnen tragen Binden mit rutschfestem, rosa Schaumgummi, auch in meiner Toilettentasche warten solche, und einmal im Monat nehme ich eine davon für den Turnunterricht. Die anderen Mädchen mit ihren Entschuldigungen wegen *Unwohlsein*. Dafür dürfen sie dann auf der Matte sitzen und zuschauen, und ich sage ihnen, dass ich *trotz-*

dem mitturne, aber das glauben sie mir nur, wenn sie beim Turnanzug den Abdruck einer Binde sehen und beim Umziehen auf meiner Wäsche.

Ich bin ein Jahr älter als die anderen, weil man hier nur vier Jahre in die Volksschule geht und ich war fünf Jahre in der *scuola elementare*, das macht alles noch schlimmer. Am liebsten hätte ich eine Dauerentschuldigung für den Turnunterricht, so wie Elisabeth aus der 6b, aber die ist ein Contergan-Kind. Die Luft im Umkleideraum ist nicht gut. Und die im Turnsaal auch nicht. Am Seil und an der Stange schaffe ich keinen Zentimeter in die Höhe. Die Sprossen der Kletterwand tun mir auf den Fußsohlen weh. Der Bock ist mein Feind. Anlauf nehmen, hochspringen, Hände auf den Bock, Beine grätschen, Hände lösen, Beine zusammenklappen, federnd auf der Matte landen, es will mir nicht gelingen. Meine Furcht, dass der Bock umfällt. Gleich wie beim Sprungkasten, wenn die Teile zu wackeln beginnen.

Nur bei der Gymnastik bin ich gut. Und beim Radschlagen und Handstand. Gestern habe ich dreiunddreißig Räder hintereinander gemacht, quer durch den Turnsaal.

Wenn wir zurück in den Umkleideraum kommen, haben wir an unseren Fußsohlen klebrigen Schmutz. Dann schnell weg mit dem schwarzen Nylon-Turnanzug und verschwitzt hinein ins Gewand.

Zu Weihnachten habe ich ein gebrauchtes Buch bekommen, da sind farbige Fotos drin von Vögeln, ich lerne die deutschen Namen, nur einige kannte ich schon von Oma, Amsel, Spatz, Taube, Kuckuck, Falke, Papagei, Adler. Adlerauge nennt sie mich immer, wenn sie ihre Brille nicht findet, wenn ich etwas tun soll für sie, Nähseide einfädeln, Kleingedrucktes entziffern.

Mit Englisch habe ich noch einmal ganz von vorne begonnen. *I am Ann, I am a schoolgirl, I am not a schoolboy, I am Pat, I am a schoolboy, I am not a schoolgirl.* Ich will die Beste werden in Englisch.

In den zwei Ferienwochen habe ich alle Lektionen der ersten und zweiten Klasse und die bisherigen der dritten noch einmal wiederholt. Und alles abgeschrieben. Viele Absätze kann ich jetzt auswendig. Wichtige Sätze im Schlaf. Nur meine Aussprache muss besser werden. Der Geografielehrer hat einmal gesagt, die englische Aussprache liege den Italienern schief im Mund, wie ein falsches Gebiss, das nicht richtig angepasst ist.

Auf dem Weg zur Schule steht ein blaugrün angestrichenes Haus. Ein Puff ist das, hat der Onkel gesagt, und dass es davon immer mehr gebe in Villach, weil so viele Italiener hierher kommen. Ich frage die Tante und lerne neue Wörter: Freudenhaus. Freudenmädchen.

Für Geld amüsieren sich die Männer im Puff. Bezahlen die Mädchen für Liebe. In Italien gibt es keine Freudenhäuser, sagt die Tante, die sind verboten. Weil der Papst in Italien wohnt.

Wieder einmal stehe ich vor dem Stammbaum im Vorraum, ich bin da nicht drauf und Mama ist immer noch ledig. Ich gehe in die Küche und hole aus der Kredenz ein Etikett für Rexgläser. Mit der Schere zerschneide ich es in zwei gleich große Streifen und schreibe unsere Namen drauf. Ich lecke über die Rückseite und klebe Papa und mich auf den Stammbaum. Bitter und süß ist der Geschmack auf meiner Zunge.

Am Abend ruft mich der Onkel zu sich in die Küche. Vor ihm auf dem Tisch steht eine große Schale mit Milch, zweimal in der Woche wird Brot eingebrockt, vertrocknete Reste und Scherzl. Ich soll unterschreiben. Eine Karte ans Funkhaus in Klagenfurt, für Omas Geburtstag. Am Sonntag ist Wunschkonzert, sie sollen Grüße und Wünsche durchgeben wie jedes Jahr, auch wenn der Sender von Österreich-Regional aus Kärnten in Pontafel immer ein wenig rauscht.

Ich gehe gleich wieder ins Zimmer zurück, aber der Onkel ruft mir was nach: Der Stammbaum draußen ist schon sehr alt, da warst du noch in der Sterzschüssel und deine Mutter ein lediges Dirndl.

Vorbereitungen für einen besonderen Dia-Abend: Onkel Hans will den Doktor Erath überraschen mit einem neuen Programm, er wird Bilder zeigen von allen Hütten und Biwakschachteln, in denen die beiden Nächte verbracht haben auf ihren Touren. Zwei lange Magazine sind voll, tagelang hat der Onkel seine große Sammlung durchsucht. Die Tante hängt die Leinwand auf, ich richte die Sessel her, vier nebeneinander an der vorgesehenen Stelle, Stuhlbein an Stuhlbein, millimetergenau, so will es der Onkel, Vorhänge zu, Licht aus, der Tierarzt bekommt ein Glas Wein.

Ich sehe in jeder Biwakschachtel die Notbehausung meiner Eltern in Venzone, darin möchte ich nicht noch einmal schlafen. Sardinenbüchse habe ich gesagt zu der Blechhütte, und sofort hat Mama zu weinen begonnen, hernach war ich vorsichtig, habe kaum mehr geredet. In der Nacht dann der Traum, ich stecke in einer zweiten Haut, die fast meinen ganzen Körper bedeckt, trage einen Pullover mit langen Ärmeln und eine Hose bis ganz hinunter, damit niemand die Reißverschlüsse sehen kann innen an meinen Gliedmaßen, sie enden an den Handgelenken und an den Knöcheln der Füße. Alle glauben, sie hätten es mit mir zu tun, aber es ist eine Täuschung. Unter der falschen Haut stauen sich die schlechten Wörter. Unter der falschen Haut staut sich auch mein schlechtes Gewissen.

Die Fensterscheiben sind vereist. Mit dem Finger fahre ich über die Eisblumen. Ich drücke den Daumen gegen die dünne Schicht. Ein Stück löst sich ab. Zwischen den Fensterflügeln ein Polster. Ich denke an das Eislecken bei Oma. Eiszapfenreihen, kleine ließ ich auf der Zunge zerschmelzen. Oma durfte nicht wissen, dass ich Wintereis lecke, weil man davon Halsweh bekommt. Wie vom Schneeessen.

Manchmal lag eine feine Kruste über dem Schnee, Krachen bei jedem Schritt. Gefrorene Lacken unten im Bachbett. Mit der Fußspitze auf die Eisschicht, aber ohne Gewicht. Das Durchsichtige färbt sich milchig.

An schattigen Stellen im Hof lagen große Häufen aus zusammengesacktem Schnee. Im Frühjahr leckte die Sonne den Schnee weg, aber in den Schatten langte ihre Zunge nicht. Eine Sonne mit Halsweh? Mit einer spitzen Schaufel wurde den Schneehäufen zu Leibe gerückt, kleine Stücke dann auf sonnigen Plätzen verteilt.

Mein Lieblingsgeräusch: Wenn es auf den Dächern zu tauen beginnt, das Wasser in die Regenrinne fließt. Plätscherndes Schmelzwasser, oft mitten im Winter.

Die Eisschuhe über den Schultern gehen wir vom Bahnhof Steindorf hinunter zum Ossiacher See. Unter dem rot-weißen Absperrungsband krieche ich durch, der Onkel steigt drüber. Schuhwechsel, Schnüren, doppelte Masche. Gleich frieren die Finger, schnell wieder die Fäustlinge drüber. Auf den Spitzen betrete ich die glänzende Eisfläche, der ganze See ein Spiegel der Sonne. Vorne gleitet der Onkel weg, ich stoße mich mit den Zacken ab, um ihm zu folgen, die richtige, die eingeübte Technik vergessen. Mitten auf dem See plötzlich ein Dröhnen, ein Krachen und Knacken, ich erschrecke, eine Zickzack-Linie kommt auf mich zu, läuft unter meinen Füßen durch, ich schreie. Der Onkel bremst, keine Angst, ruft er mir zu, wenn das Eis kracht, dann hält es. Die Angst nicht kleiner, ein Brennen auf der Haut, Feuer, dem ich entkommen muss, umdrehen, das Ufer weit weg, aber Rettung ist dort, von Neuem ein Krachen, Eisglanz oben und unten, mein Körper, der sich bewegt, getrieben von einer Maschine im Brustkorb, kein Schreien mehr, nur noch Angst, die alles erstickt. Ein harter Aufprall der Beine am Steg, bäuchlings falle ich auf die Bretter, robbe mich weiter nach vorne. So bleibe ich liegen.

Was ist los, höre ich den Onkel, aber ich antworte nicht.

Ich wollte doch nach Ossiach hinüber, sagt der Onkel, so eine Gelegenheit, der ganze See gehört uns.

Nur vereinzelt sind Läufer zu sehen.

Ich warte da, sage ich.

Die nächsten zwei Stunden bleibe ich auf den ersten Metern Eis am Ufer, ich übe das wellenförmige Rückwärtsfahren, versuche Drehungen und kleine Sprünge, abgeschaut von den Eiskunstläuferinnen im Fernsehen, das Dröhnen fast ein wohliger Klang, es betrifft mich nicht mehr, meine Kufen zeichnen Spuren, Bögen, Dreier, Achter, die Sonne blendet und wärmt.

Irgendwann eine Figur weit draußen, sie kommt näher, schwarzer Anorak, rote Mütze, der Onkel. Jausenzeit. Brote und Orangenspalten aus der Tupperware-Dose. Tee aus der Thermoskanne mit nur einem Becher, ich bin nicht durstig. Bei der Rückfahrt nach Villach eisiges Schweigen.

Waghalsig nennt die Tante den Onkel, im Radio hat sie heute zu Mittag gehört, welche Seen schon freigegeben sind für die Eisläufer, der Weißensee, der Aichwaldsee und der Rauschelesee, vom Ossiacher See keine Rede. Waghalsig, über dieses Wort muss ich lachen.

Am Nachmittag lese ich im neuen Buch über die Vögel. Das Taubenkapitel. Über die vielen Arten, Felsentaube, Haustaube, Ringeltaube, Porzellantaube, Perückentaube, Lachtaube. Über die Kropfmilch, mit der sie die Jungen ernähren, beide, Täuber und Täubin. Über das Picken von Steinchen, damit sie im Magen die Körner zerreiben. Über Schwanzfedern, Deckfedern und Flaumfedern. Viele zusammengesetzte Wörter.

Das Foto einer gerupften Taube, ohne Federkleid nicht mehr erkennbar. Heiliger Geist!

Am Abend geht der Onkel weg, ich wechsle zur Tante ins Wohnzimmer. Sie hat für mich Blätterteigtascherl gemacht, mit Himbeermarmelade. Wir spielen DKT. Ich kaufe Bauplätze, drei Häuser in Salzburg, ein Hotel in Klagenfurt und eines in Innsbruck. Eine Seilbahn und eine Schiffslinie. Heute habe ich Glück. Kein einziges Mal muss ich in den Arrest. Mit dem DKT habe ich Österreich kennen gelernt, alle Hauptstädte und die wichtigen Straßen.

Mitten auf einem See ordne ich Eisquader zu Buchstaben, in immer neuen Versuchen, aber das Wort will nicht gelingen. Meine Finger kleben an den gefrorenen Flächen, das Eis unter mir wird dünner, die Zeit läuft. Wenn ich das Wort *salvezza* nicht endlich schaffe, bin ich verloren, durch erste Sprünge sickert schon Wasser. Es knackt und zieht mich nach unten ins Schwarze. Auf einmal ist da eine Hand, ich halte sie fest. Die Hand ist von Tante Rosa, sie sitzt auf meinem Bett. Du hast wieder geschrien im Schlaf, sagt sie, hast du was Böses geträumt?

In der Schule erzähle ich, dass ich gestern eingebrochen sei, mitten auf dem Ossiacher See. Die Mädchen scharen sich um mich, sie wollen alle Details. Eine Stange war meine Rettung. Aha. Ob ich im nassen Gewand nach Hause gefahren sei? Ja, natürlich. Warum ich mich dabei nicht verkühlt habe? Ich erzähle von drei Tassen Lindenblütentee und einer Schwitzkur unter der Tuchent. Und ich erzähle auch gleich, dass ich Verwandte in Amerika habe. Ich sage nicht Kanada, weil Amerika viel wichtiger klingt. Wer die besseren Geschichten erzählt, bekommt mehr Aufmerksamkeit.

Eine Mitschülerin berichtet von einem Bandwurm in ihrem Körper. Jeden Tag untersuche ihr Vater den Stuhl, er habe schon viele Glieder gefunden, wasche alles aus, aber der Kopf des Bandwurms sei noch nicht gekommen, erst dann wäre Schluss mit dem Spuk.

Ich weiß nicht, ob das wahr ist. Vielleicht will sie sich wichtigmachen.

Zu Mittag besuche ich die Tante in ihrem Damenmoden-Salon. Eine Kundin will jetzt schon Maß nehmen für ein Frühjahrskleid, samt dem Keksspeck von Weihnachten, sagt die Tante, und nach der Fastenzeit, in der die Kundin nur einmal pro Tag etwas isst, flattert dann das Kleid an den Hüften, und wieder ist die Schneiderin schuld.

Die Tante sitzt an der Nähmaschine und gibt dem Pedal einen Fußtritt.

Am Abend ist alles vergessen, der Onkel ist weg, wir können in Ruhe fernsehen. Eine französische

Sängerin kommt über die Stiege herunter. Acht Männer in schwarz-weißen Gilets tanzen mit ihr, *das ist der Pariser Tango, Monsieur*, Arme kreuz und quer, die Männer gehen in den Vierfüßlerstand rückwärts, sie bilden ein Sofa, die Sängerin setzt sich darauf. Mir gefällt ihre Frisur, die Tante lobt das glitzernde Kleid, vorne ist alles verdeckt bis zum Hals, aber der Rücken ist frei.

IV.

Ich träume von einem Haus mit Wänden aus Buchstaben, Lettern aus Stahl, durch die ein warmer Frühlingswind zieht. Das Haus steht auf Federn, die bei Erdstößen schwingen, hin und her, auf und ab. Mein Buchstabenhaus schaukelt, aber nichts zerfällt, nichts bekommt einen Riss.

In Papas Brief ist auch eine Zeichnung vom Kind aus der Nachbar-Baracke. Männer, die eine Mauer aufbauen. Am rechten Rand, halb in der Luft, ein Mädchen, nicht viel mehr als ein Strichmännchen, mit langen Haaren und einem Lachbogen unter der Nase.

Die obere Hälfte der Zeichnung ist blau, einige Wolken sind da und Autos schweben in einer Reihe die Luftstraße entlang, mit Gepäck auf den Dachträgern, Koffern und Booten. Touristen auf dem Weg ans Meer oder nach Hause.

Ein Mann sitzt vorn an der Mauer und trinkt, die Flasche am Mund ist lang und dick wie sein Schenkel. Ganz oben, zwischen den Wolken, ein riesiges Dreieck in Gelb, in der Mitte ein Auge: Das Auge der Vorsehung.

Hundert Kinder unter zwölf sind beim Erdbeben gestorben, schreibt Papa, über fünfhundert wurden verwundet.

Wenn Onkel Hans abends mit Doktor Erath funkt, dann belausche ich ihn. Seinem Bergfreund erzählt er Dinge, die er mir gegenüber nicht erwähnt, selber schuld, sagt er, wenn die ihre Häuser so schlecht gebaut haben, Geröll aus dem Tagliamento, mit Mörtel verbunden, wie soll so etwas halten. Und das Erdbebengebiet nennt der Onkel ein riesiges Ausstellungsgelände für Fertigteilhäuser, fahren wir einmal zu dieser Messe.

Effa nie tsib ud. Lettort nie tsib ud. Pped nie tsib ud, ich beschimpfe den Onkel lächelnd mit Sätzen von rückwärts, mit Wörtern, die mir von vorne nie über die Zunge kämen in seiner Anwesenheit, ich sage Dinge, die ich wegen der Dankbarkeit nie aussprechen dürfte, ich nenne ihn Affe und Trottel und Depp und behaupte, dass ich eine Geheimsprache übe.

Hätten mich Tante Rosa und Onkel Hans nicht aufgenommen in Villach, müsste ich jetzt in einer Blechhütte wohnen im Lager Nordost in Venzone. Und ich hätte auch nicht einen Band mit Haiku-Dichtung bekommen, *Ihr gelben Chrysanthemen*, zwei Schilling und fünfzig Groschen hat der Onkel dafür in der Tauschzentrale bezahlt. *Haiku* ist ein sehr schönes Wort der japanischen Sprache, davor kannte ich nur *Kamikaze* und *Harakiri*.

Strommastenschweiß ist auch ein Wort, das mir gefällt, doch nun steht es durchgestrichen im Heft.

Die Deutschlehrerin korrigiert Fehler mit rotem Kuli, leichte mit einem Schrägstrich quer durch das Wort, schwere bekommen auch noch ein Kreuz, mein schönes Wort aber ist unter drei roten Linien begraben. Brauner Strommastenschweiß war auf meiner Bluse, nachdem ich mich angelehnt hatte, das habe ich geschrieben, ich wusste die deutsche Bezeichnung nicht für *catrame*, Teer steht jetzt über dem dreifach durchgestrichenen Wort. Vielleicht sollte ich Dichterin werden, wenn ich erwachsen bin, damit ich mit den Wörtern machen kann, was ich will.

Zum dritten Mal bekomme ich Angina in nur einem Jahr, ich liege im Wohnzimmer auf dem Sofa und schaue mir die Hefte der Missionszeitschrift „Alle Welt" an, mich interessieren die Bilder und die Artikel aus fernen Ländern, vor allem aus Asien, dabei lerne ich immer auch neue Wörter. Auf einem Heft vorn drauf eine Japanerin in einem bunten Gewand, *Kimono* sagt die Tante dazu, auf dem neuen ein Foto von Mut ter Teresa, sie trägt einen Sari mit drei blauen Streifen. Ich fürchte mich fast nicht mehr. Eine junge Frau aus Kärnten sei nach Indien gegangen, über Nacht habe sie die Berufung bekommen, sie habe ihre Eltern verlassen, um in Kalkutta den Leprakranken zu helfen, Omas Erzählung vor Jahren machte mir Angst. Diese Angst war lange bei mir, ich wollte nicht nach Kalkutta, weit weg von Mama und Papa, zu Mutter Teresa und zu den Leprakranken, lieber Gott, bitte mach, dass ich keine Berufung bekomme: mein Abendgebet über Wochen.

Die weißen Flecken auf den Mandeln werden größer, sie sehen aus wie Schimmel. Ich versuche sie wegzuputzen mit einem Wattestäbchen, damit ich in die Schule gehen kann, aber das Fieber bleibt, es wird sogar höher. Die Tante lässt mich gurgeln, mit Salzwasser, verdünntem Essig und Schwedenbitter, zuletzt auch mit Molkosan, das gegen Schimmelpilz wirksam sein soll. Sofort Penicillin, sagt der Arzt zur Tante, als er mit dem A-Hölzchen meine Zunge hinunterdrückt und mit der Taschenlampe in meinen Rachen schaut.

Weil mir der Haiku-Band so gut gefällt, bekomme ich noch ein Buch aus der Tauschzentrale, *Japanische Holzschnitte von Katsushika Hokusai*. Für deinen Fernost-Tick, sagt der Onkel, seit zwei Monaten bemühe ich mich, Reis mit Stäbchen zu essen. Doch warum ich das mache, weiß niemand: Ich liebe Bruce Lee.

Gestern hat der Onkel gesagt, dass ich ein Mischling bin, ein Mischling aus deutscher und romanischer Rasse. Mischling. Ein komisches Wort. *Ling* klingt zumindest chinesisch. Aber ich muss auch an Engerling denken, an diese hässliche Raupe mit den Füßen am Kopf, die in Omas Garten in Pontebba die Wurzeln der Pflanzen wegfrisst. Und an ein anderes Wort vom Onkel, ein schlechtes, das er für die Italiener verwendet, wenn er vom Krieg erzählt: Feiglinge waren die Wallischen im Krieg, sagt er, beim Rückzug immer schneller als beim Vormarsch, und der Durchbruch der Russen am Don, den er miterlebt hat, sei den Wallischen zu verdanken, die hätten die Front aufgemacht.

Dafür stehe ich immer ganz vorne beim Völkerball in der Schule, Österreich gegen Italien, sagt die Turnprofessorin, früher, erzählt Anikó, bevor du gekommen bist, hieß es immer Österreich gegen Ungarn. Wenn Anikó in der anderen Gruppe ist, sagt die Lehrerin jetzt manchmal sogar: Italien gegen Österreich-Ungarn. Ich habe Angst vor dem Ball, vor dem Bretzeln auf der Haut, wenn er mich trifft, aber ich zeige es nicht, ich laufe niemals davon.

3:0 für Italien im Völkerball, schreibe ich auf einen Zettel, den lege ich Onkel Hans auf den Schreibtisch.

Jeden Tag lerne ich immer noch neue Wörter und andere Bedeutungen von denen, die ich schon kenne. Seit heute weiß ich, was ein leichtes Mädchen ist und was ein schwerer Bursche.

Ich lege Wörter auf die Waagschalen: Rechts Feigling und Mischling, links Liebling und Schmetterling. Die rechte Waagschale geht nach unten, es ist wohl die mit den gewichtigeren Wörtern.

Wegen Bruce Lee habe ich lange von einer Reise nach Hongkong geträumt. Nur China selbst war für mich ein verbotenes Land, wegen Mao-Tse-Tung, vor dem mich mein Nonno gewarnt hat, und das soll was heißen, wenn ein Kommunist gegen Mao ist, sagt der Onkel, Mao, den er nur lobt, weil der die *Studierten* zur Feldarbeit zwang. Und seit letztem Juli ist China bei mir unten durch, zu viele Schlagzeilen gab es im Sommer vom großen Erdbeben dort und von Hunderttausenden Toten. Nun ist mein Sehnsuchtsland eben Japan geworden, nicht weit von China entfernt. Mit Stäbchen essen sie da und dort.

Im Zeichensaal möchte ich Holzschnitte machen. Fang lieber einmal mit Linolschnitten an, sagt der Lehrer.

Beim Funken fragt der Onkel den Tierarzt, wer mir die Mandeln wegzwicken könnte, privat, denn auf die Wallischen sei kein Verlass, wer könne wissen, ob da was zurückkäme von der Krankenversicherung. Die Tante ist gegen eine Operation, sie sagt, die Mandeln seien die ersten Detektive im Körper.

Papa hat wieder geschrieben. Die Nonna bekommt jetzt Tabletten, damit sie nicht mehr so viel weinen muss, aber dafür hilft sie auch nicht mehr beim Kochen, sie sitzt nur vor der Blechhütte und spielt mit den Fransen und Knoten des Schultertuchs. Mama macht Pulver aus den Tabletten und mischt es heimlich in den Kaffee, weil die Nonna sich weigert, ihr Medikament gegen das Weinen zu nehmen. Die Tabletten machen Antonio nicht wieder lebendig, hat sie gesagt, also weshalb soll ich die schlucken. Warum bin ich da und mein Bub ist tot, ich habe mein Leben gelebt.

Noch immer kämen Katastrophentouristen, um Fotos zu machen, trotz des neuen Schildes mit der durchgestrichenen Kamera.

In meiner Antwort schreibe ich nichts von den eitrigen Mandeln, ich will Mama nicht aufregen, dafür erzähle ich eine Neuigkeit aus der Schule. Schon wieder ein dreifach rot durchgestrichener Satz, den ich schön finde: Bei mir sind alle Wörter aus Buchstaben der Toten zusammengesetzt, aus meinem Friedhofsalphabet.

Wir sollten etwas schreiben zum Thema *Lesen* und ich habe von den Stunden auf dem Friedhof in Venzone erzählt, während die Nonna die Gräber pflegte, oft las sie mir die Namen der Toten vor und irgendwann begann ich vermutlich zu kombinieren.

Goldene, silberne und schwarze Buchstaben auf Marmor oder anderen Steinen.

Mein Nachfragen wegen des durchgestrichenen Satzes wäre sicher gleich wieder eine Provokation, schreibe ich in meinen Brief an die Eltern, ich lasse es diesmal bleiben, aber den durchgestrichenen Satz notiere ich in mein Tagebuch. Dort wütet kein roter Kuli, der immer Recht haben muss.

Weil auch diesmal kein Geld im Briefumschlag war, ziehe ich mit der Pinzette einen Schein aus der Sparbüchse neben dem Telefon. Wer telefoniert, muss was hineinstecken, und wenn die Rechnung kommt, öffnet der Onkel mit einem Schlüssel den Boden der Büchse. Mit dem Zwanzigschillingschein kaufe ich mir ein ganz dünnes Buch, den *Polyglott Sprachführer Japanisch*, 30 Seiten, mit einem roten Kreis auf der weißen Fläche vorn drauf. Zu Hause verstecke ich ihn auf dem Kasten in meinem Zimmer, unter dem Koffer. Mein schlechtes Gewissen verstecke ich auch.

Die Tante sagt, sie werde mir einen Kimono nähen, fünf Meter Seide kauft sie für mich bei der Missionsausstellung im Pfarrhaus, indische Schwestern sind auf Besuch, sie wickeln den Stoff wie einen Sari um meinen Körper. Zu Hause malt mir die Tante einen roten Punkt auf die Stirn, mit einem Lippenstift, den sie selbst nur drei Mal im Jahr verwendet. Er riecht ranzig. Jetzt schaust aus wie die Frau vom Maharadscha, sagt der Onkel.

Bitte lass Fotos machen, die ich herzeigen kann, sage ich zu ihm, der mich sofort fotografiert, aber gewöhnlich nur Dias entwickeln lässt. Am späten Abend schleiche ich zum Lexikon und schaue nach, was ein Maharadscha ist.

Ich möchte die Seide noch waschen, zur Sicherheit, falls irgendwas von Mutter Teresa drin ist und von der Berufung.

Neues vom Funkkanal: Der Tierarzt hat einen Freund, der Chirurg ist im Krankenhaus. Der Chirurg hat einen Dackel mit einem Tumor in der Maulhöhle und will nicht selbst herumdoktern an seinem Hund. Die Männer haben eine Lösung gefunden, bei der niemand was zahlen muss: Der Tierarzt wird die Geschwulst im Maul des Hundes entfernen und der Chirurg die Mandeln in meinem Rachen. Dafür macht der Onkel die Gartenarbeit für den Tierarzt. Einen Sommer lang Rasenmähen, Heckenschneiden und Unkraut jäten.

Der Chirurg hat selbst keine Ordination, höre ich den Doktor Erath über den Funkkanal sagen, aber in meinen Räumen ist auch alles steril.

Ich möchte nicht zur Operation dorthin, wo Hunde und Katzen sterilisiert werden oder eine tödliche Spritze bekommen. Aber ich kann das nicht sagen, weil ich ja offiziell noch nichts davon weiß.

Der Stoff für den Kimono hat ein Paisleymuster, wenigstens Fernost, denke ich mir, lieber wäre mir japanische Seide mit fliegenden Kranichen drauf. Die Tante misst mich ab, von oben bis unten und rund um Hüfte und Brust. Maßnehmen heißt das in der Schneiderei, weiß ich seit heute.

Neue Wörter: Oberweite, Taillenweite, Hüftweite.

Danach fragt mich die Tante, ob ich mir was verdienen möchte in ihrem Modesalon, ich könnte Heftnähte herausziehen, die Böden kehren, für Kundinnen Kaffee kochen.

Ja gerne, antworte ich mit heiß gewordenen Ohren.

Der Onkel hat eine Liste gemacht für Telefonate, mit Spalten für Ortsgespräche, Ferngespräche und Ausland. Und einen Wecker gekauft. Ab jetzt muss jeder seine Redezeit stoppen und eintragen.

Die Teetassen des bunten Lilienthal-Porzellans sehen aus wie die umgedrehten Hüte asiatischer Reispflücker in der Missionszeitschrift. Ich setze mich mit überkreuzten Beinen im Wohnzimmer auf den Boden und schlürfe Tee. So kann sich der Onkel wieder über meine verschiedenfarbigen Socken ärgern, die trage ich extra für ihn.

Diesmal hat Mama geschrieben. Ein Schwager aus Kanada wird kommen und einen neuen Terrazzoboden legen im Haus. Dann werden die Verwandten jenseits des Ozeans auch bald wissen, dass Zio Antonio nicht in der Familiengruft liegt. Weil er den Nonno nicht mochte, hat die Nonna ein eigenes Grab für ihn gekauft. Nieder mit den Kommunisten, hat Zio Antonio immer geschrien, wenn er betrunken war. Mama denkt, dass es wieder Streit geben werde. Die Kanadier wollen ihren Bruder sicher umbetten lassen.

Aus der Reise nach Kanada wird nichts werden, schreibe ich Mama, aber den Grund dafür sage ich nicht.

Drei Jahre schon sparen wir für die große Fahrt, die Nonna und ich, wir werfen Münzen und Scheine durch einen Schlitz, aber seitdem ich Bruce Lee kenne und Fotos gesehen habe von japanischen Gärten, von Pagoden und von Frauen in Kimonos, interessieren mich die Niagarafälle nicht mehr. Ich kann der Nonna nicht sagen, dass mir unser Plan nichts mehr bedeutet. Was der Keramik-Elch im Bauch hat, ist mir gleichgültig geworden. Erst jetzt fällt mir ein, dass der sicher auch noch zerbrochen unter den Trümmern liegt.

In der Nacht träume ich wieder von meinem Papagei. Pino sitzt auf einer sandigen Stelle am Ufer des Tagliamento; als er mich sieht, fliegt er hoch und kommt auf mich zu, ciao, krächzt er, ciao.

Aus meinen Schulterblättern sind Flügel gewachsen. Zu zweit schweben wir über den Trümmern der Kirche *Sant'Andrea Apostolo*, dann fliegen wir hin zur Brücke über den Fluss, unser Landeplatz ist eine Schotterinsel mit kleinen Rinnsalen rundherum.

Sie werden Pinos Skelett finden und seine Federn, wenn endlich alles weggeräumt ist, denke ich beim Aufwachen, sicher haben die Ameisen das andere längst gefressen.

Die Tante hat schon alle Teile zusammengeheftet. Bei der ersten Anprobe zucke ich, wenn ich Stecknadeln unter den Stoff fahren sehe, aber kein einziges Mal spüre ich eine Spitze an meiner Haut. Ich drehe mich vor dem großen Spiegel, gehe zur Tür und wieder zurück, es wird mein schönstes Gewand. Eine Kundin kommt etwas holen, Frau Samonig, die schon überall war auf der Welt, du musst ganz kleine Schritte machen, sagt sie, du darfst nur trippeln.

Das Taillenband und der Kimono-Gürtel sind fertig.

Ich klebe ein Poster von Bruce Lee mit Tixo auf die Farnkraut-Tapete in meinem Zimmer, ich schließe die Tür, bevor ich die Wohnung verlasse. Beim Abendessen erzählt der Onkel den Witz: Was heißt Dieb auf Chinesisch? Lang-Fing. Und was Polizist? Lang-Fing-Fang. Und was Polizeihund? Lang-Fing-Fang-Wau.

Warum lachst du nicht, wenn ich etwas Lustiges sage?

Im Modesalon ist wieder Geld aus der Kasse verschwunden, sagt die Tante. Sie schaut mich an, das müsse das Lehrmädchen sein, sagt sie, heute habe sie endlich die Polizei informiert. Die werde nun die Geldscheine präparieren. Die Diebin würde man dann erkennen an ihren grellgrün leuchtenden Fingern.

Ich bin jetzt oft in der Werkstatt. Doch es gibt nur wenig für mich zu tun. Ich könnte mich zu Hause ums Essen kümmern, meint die Tante, aber Kasnudeln kann ich nicht machen und Hendl auch nicht, die Lieblingsgerichte von Onkel Hans, ich will nichts kochen und braten, was Flügel hat. Du hast einen Vogel, sagt der Onkel. Ich hatte einen, sage ich, einen mit bunten Federn.

Ich verspreche, dass ich dafür im Sommer helfen werde beim Klauben, beim Einkochen und beim Einrexen der Beeren.

Im Traum komme ich zurück nach Lignano Pineta, wohin Frauen, Kinder und Alte evakuiert wurden, gleich nach den neuen Beben Mitte September. Einem alten Bauern höre ich zu, er sagt immer wieder, die Wiesen und Felder zu Hause warten auf ihn, und dass er hier nichts tun kann, hier bei der riesigen Lacke. Er hat wie viele andere das Meer davor noch nie gesehen. Der Mann hat eine ledrige Haut, im Mund nur mehr zwei Zähne. In der Luft zeigt er mir seine Arbeit, die Hände an den Griffen der Sense, schwingt er das Werkzeug im Takt hin und her, ich kenne diese Bewegung von Oma, wenn sie die Wiesen mäht hinter dem Haus in Pontebba, die unsichtbare Schneide hier aber fährt nur durch den Sand. Den furlanischen Dialekt des Alten verstehe ich halbwegs, sprechen kann ich ihn nicht. Ich nehme auch eine Sense zur Hand und beginne zu mähen, wo vor kurzem noch Kinder ihre Sandburgen bauten. Auf unserem Feld da wachsen Muscheln, und Seegras wird von den Wellen ans Ufer geschwemmt. Rechtslinks, rechtslinks, rechtslinks, unsere Arme schwingen sich auf denselben Takt ein.

Gratisurlaub am Meer hat Onkel Hans die Evakuierung genannt.

Für die zweite Anprobe habe ich mir Steckkämme ausgeborgt und eine Frisur nach dem Vorbild einer Geisha von Hokusai gemacht, so ähnlich halt. Ich darf mich auf den Zuschneidetisch stellen, damit die Tante nicht mit der Reißschiene auf den Knien herumrutschen muss. Mein Kimono wird knöchellang und bekommt einen breiten Saum, du wirst ja noch wachsen, sagt die Tante.

Die meisten Nähte sind schon gesteppt. Meine Freude ist groß. Der Stoff glänzt, er ist kühl und glatt, ich fahre mit dem Ärmel über die Wange.

Immer Haltung bewahren, hat Frau Samonig gesagt, sie hat mir erklärt, was das bedeutet, im wörtlichen und im übertragenen Sinn, Frau Samonig war schon zweimal in Kyoto und einmal in Nagasaki.

Ein Mädchen in meiner Klasse sagt, Bruce Lee wäre schon tot. Ich glaube das nicht, zu Hause schaue ich trotzdem sofort im Lexikon nach. Da steht nur das Geburtsdatum im Jahr 1940, aber ich bleibe nervös. Wen könnte ich fragen? Die Leute im Kino? Wo könnte ich anrufen? Beim Radio? Bei der Zeitung? Beim Fernsehen in Wien oder in Rom?

Mit glänzendem Stoff, kühl und glatt, hat Oma den Sarg ausgekleidet, wenn Opa einen Auftrag bekam. Satin sagte sie dazu, auch den Polster für den ewigen Schlaf hat sie immer damit bezogen.

Die Oma in Pontebba hatte mir von Nonnen erzählt, die im Sarg übernachten. Einmal hab ich mich in einen hineingelegt, ich erinnere mich nicht, aber Oma wiederholte diese Geschichte wieder und wieder, ich bin hineingeklettert und eingeschlafen, die Wange am kühlen Stoff, alle haben mich gesucht, sie sind auch hinuntergelaufen zum Bach, der nach den Regenfällen ein reißender Wasserlauf war.

Damit ich nicht mehr in die Kiste hineinkraxeln muss, hat mir Oma sofort eine Satinbettwäsche genäht, eine mit Sonnenblumen drauf, mit einem Stoff für die Lebenden, hat sie gesagt, und für das schöne Gefühl an der Wange.

Mit dem Sargliegen könnte ich meine Schulkolleginnen hier beeindrucken, ich werde ihnen so nebenbei davon erzählen. Dass bei uns alle Mädchen schon als Kind eine Nacht probeschlafen, das gehöre einfach dazu, es sei so normal wie unsere türkischen Klos, vor denen sich alle hier ekeln.

Ich tripple in einen Raum mit weiß-roten Tapeten, japanische Flaggen an allen vier Wänden, aufgehende Sonnen, wohin ich schaue. Die Kreise werden zu Blasen, die lösen sich los von der Wand, fliegen als Kugeln wie Ballons durch den Raum und durch die Fenster hinaus, drei davon kann ich fangen, bevor ich die Fenster schließe, die roten Sonnen bewegen sich zurück an die Mauer, schrumpfen zu Blasen und dann wieder zu Kreisen, darauf leuchten grellgrüne Fingerabdrücke, und dann tripple ich hinaus aus dem Traum.

Endlich spricht der Onkel mit mir über die Operation, mit Mama hat er schon telefoniert, sagt er, deine Eltern sind sehr dankbar, alles gratis. Und ich sage gar nichts, ich wehre mich nicht, denn ich habe genug vom wiederkehrenden Halsweh und Fieber. Kommenden Samstag ist es soweit.

Tonsillektomie ist Routinesache, sagt der Chirurg in der Tierarzt-Ordination, mit dem Besteck da werden die Mandeln herausgeschält, er zeigt mir die Instrumente, wenigstens hat er seinen eigenen Werkzeugkoffer dabei. Haltung bewahren. Doktor Erath ist Assistent bei der Operation, Blut ist auch mein Geschäft, sagt er, und zum Onkel: Du wartest draußen. An der weißen Wand gegenüber sehe ich Bruce Lee, er lächelt mich an. Mein Mund wird aufgespreizt, mit einem metallenen Instrument. Örtliche Betäubung nennt der Chirurg, was jetzt kommt, das Einschläfern des Halses. Die Spritze fährt tief hinein in den Rachen, mir scheint, die Nadel sticht hinten beim Nacken wieder heraus. Alles wird taub. Bruce Lee faltet die Hände und macht eine Verbeugung. Dann fährt der Chirurg mit seinen Geräten in meinen Hals. Ich schaue Bruce Lee in die Augen, er zwinkert mir zu. Ich schmecke Blut. Ich schlucke Blut. Einen Tupfer bitte, sagt der Chirurg.

Nach der Operation muss ich vierundzwanzig Stunden beim Tierarzt bleiben, in seiner Wohnung im ersten Stock über der Ordination. Die Frau, zu der Onkel Hans immer Frau Doktor sagt, verwöhnt mich mit Eis und Hefezopf mit Rosinen und Butter, und ich darf fernsehen, so viel ich will. Ausgestopfte Meerschweinchen stehen rundherum in den Regalen, ich muss an das laute Pfeifen der Tiere denken, nach dem Erdbeben hatte sie niemand gefüttert.

Am Nachmittag bringt der Onkel ein Telegramm von Papa vorbei: Alles Gute für die Operation. Hier in Barackopolis wird das Leben schön langsam wieder normal. Mama legt Gurkenscheiben aufs Gesicht, Nachbarinnen sind mit Lockenwicklern zu sehen.

Gruß, Papa

Ein teures Telegramm, sagt der Onkel, so viele Wörter.

Drei Tage nach der Operation darf ich wieder in den Modesalon.

Die Tante nimmt den fertigen Kimono von der Schneiderpuppe und legt ihn mir an. Ich tripple hin vor den Spiegel. Die Tante überrascht mich mit schwarzen Samtschuhen aus dem Chinageschäft. *Arigato*, sage ich, *arigato*, und dann drehe ich mich zu Tante Rosa und mache eine Verbeugung.

Wo ist das Lehrmädchen?, frage ich erst jetzt.

Weg, sagt die Tante. Ich frage lieber nicht weiter.

Zu Hause setze ich mich wieder mit dem japanischen Sprachführer an meinen Tisch. Einiges kann ich schon. Die Zahlen bis hundert habe ich gelernt, die Namen für alle Tage der Woche, heute kommen die Monate dran. Morgen beginne ich mit dem Kapitel „Wir suchen ein Zimmer".

Ich schaue durchs Fenster. Über den Häusern ist eine Wolke zu sehen, die aussieht wie ein riesiger Vogel. Ich schreibe dem Vogel *Bruce Lee* ins Gefieder, male den Namen in die Wolke hinein. Langsam zieht sie weiter, der Vogel wird immer länger, seine Flügel fließen auseinander, der Name schrumpft, bald ist er nur mehr eine verwackelte Linie.

V.

Zu Beginn der Osterferien steigen wir in den Zug nach Pontebba, die Tante, der Onkel und ich, zwei Stationen weiter kommt noch jemand dazu, einer, den ich auch Onkel nennen soll, ein weitschichtig Verwandter, aber warum soll ich so tun, als gehörte der zur Familie, nur weil er auch Wurzeln hat im Kanaltal, er sitzt doch am Stammbaum auf einem sehr weit entfernten Ast. Der hat sich schon weggegabelt vor zweihundert Jahren, auf der Ahnentafel in Villach habe ich mir das ganz genau angeschaut. Grüß Gott, Herr Ehrlich, sage ich, und dabei werde ich bleiben. Schon an der italienischen Grenze beginnt Onkel Hans mit der alten Leier, heimlich nennen die Tante und ich das so, die Wallischen haben die Seite gewechselt, sagt der Onkel, denen ist nicht zu trauen; wir waren Verbündete, und dann erklären sie Österreich-Ungarn den Krieg. Onkel Hans, der immer noch nach Pontafel fährt, niemals sagt er Pontebba, Onkel Hans, der angeblich fast nie jenseits der alten Staatsgrenze war, weder Udine kennt noch Venedig, und an der italienischen Adria sei er niemals gewesen, sagt er, zu diesen Gaunern wolle er nicht, nie und nimmer, Feiglinge, Verräter, faules Pack alle zusammen. Und noch ein zweites Mal haben sie uns betrogen, sagt der Onkel, 1943, beim Waffenstillstand mit den Alliierten, obwohl es den Stahlpakt gab, Mussolini und Hitler, Rom und Berlin, heimlich haben die Wallischen sich davongeschlichen und das Bündnis gekündigt. Seit ich Onkel Hans kenne, erzählt er dasselbe, nur im Lauf der Jahre verstand ich immer mehr von dem, was er sagte, und seit einiger Zeit ärgere ich mich über seinen Geschichtsunterricht.

Vor der Option war der Onkel Gepäckträger am Bahnhof Pontebba, in Österreich später dann Fahrdienstleiter der ÖBB, der Onkel am Bahnsteig, auf dem Kopf die rote Kappe mit der goldenen Kordel und dem Flugrad darüber, er schwenkt die Tafel, rot und grün, er ist der Herr über ein- und ausfahrende Züge, er ist auch die Stimme im Lautsprecher, bitte einsteigen, bitte rasch umsteigen, seit drei Jahren ist der Onkel sogar Bahnhofsvorstand.

Als die Grenzpolizisten durch unseren Waggon gehen, strecke ich ihnen meinen neuen Pass entgegen, aber niemand will ihn anschauen, schade, ich hätte gern eine Kontrolle, ich bin viel mehr geworden mit dem eigenen Dokument, bis vor kurzem war ich nur eine Zeile im Pass meiner Eltern.

Zum Glück sitzen wir in einem Waggon der Österreichischen Bahn, sagt der Onkel, in den Regionalzügen der Wallischen hast du Holz unterm Arsch, aber ich mag diese weichen Sitze nicht mit dem falschen Lederbezug, dieses Flaschengrün, wenn es heiß ist im Sommer, bleibt die Haut daran kleben.

Unten haben sie mich nur Gepäck schleppen lassen, mehr war nicht drin für mich *Daitschn*, erklärt der Onkel Herrn Ehrlich, in Zeiten der Monarchie war das anders, da hatten wir noch das Sagen im Kanaltal, da war noch alles gut, der Onkel hustet, es brodelt in seinen Lungen, ich habe einen Schleim auf die Italiener, sagt er, und zu mir: Heirate nur ja keinen von denen da unten.

Er solle nicht *auf diese Weis'* reden, sagt die Tante, trotz allem, und was wisse er schon von der Zeit von Österreich-Ungarn, da sei er doch noch in der Sterzschüssel geschwommen, und überhaupt, Hitler hätte Soldaten gebraucht und auch deshalb die Kanaltaler ins Reich gelockt, hast du das alles vergessen, Hans?, fragt die Tante, hast du vergessen, dass statt einer Anstellung bei der Reichsbahn die Wehrmachts-Uniform auf dich gewartet hat, war das nicht auch ein Betrug?

Der Onkel schnauft, die Tante nimmt Jausenbrote aus dem Tupper-Geschirr, sie schneidet eine Gurke in Scheiben und teilt die aus wie Hostien, Essen hilft immer, sagt sie, der Onkel öffnet zwei Bierdosen, Blech stößt an Blech, und dann sehe ich beim Onkel Schaum vor dem Mund.

Herr Ehrlich streicht über seinen Schnauzbart, der eher ein Schnauzbärtchen ist, überall scheint die Haut durch zwischen den Haaren, er sitzt mir gegenüber beim Fenster. Immer wieder spüre ich seinen Blick in meinem Gesicht und manchmal spaziert er auch weiter hinunter auf der Krücke der Nickelbrille mit ihren kreisrunden Gläsern.

Herr Ehrlich kennt sich aus mit Mauern und Mörtel, mit Leitungen und Rohren, Oma soll eine Dusche bekommen anstelle der Badewanne, Oma, die sich noch immer nur mit dem Waschlappen über der Schüssel wäscht, auch die Wassertoilette haben in den ersten Jahren ausschließlich die Gäste benützt. Die größere Geschichte aber ist das Dach, dafür hat Oma einen Handwerker engagiert, der Urlaub genommen hat bei seiner Firma, Signor Mestroni aus Tolmezzo, bei den Nachbarn hat der schon einmal über die Feiertage geholfen.

Bevor das rostige Blechdach entfernt wird, müssen wir den Dachboden räumen, Oma, die nichts wegwerfen will, da stehen alte Sessel herum, leere Gläser und Flaschen, Kisten, Schachteln, Zeit zum Ausmisten, sagt der Onkel, Oma schimpft, ausmisten, das darfst du im Stall, die Flaschen und Gläser kann man noch brauchen, und so tragen wir sie in Körben zum Nebengebäude, da stelle ich sie die Hausmauer entlang auf, in doppelten Reihen. Die Papierschachteln bleiben im Haus, sagt Oma und der Onkel widerspricht nur mit seinem Gesicht, wir tragen die Schachteln in Mamas Zimmer, das längst meines ist, wenn ich da bin. Nur die alte Matratze mit Rosshaar wurde gegen eine mit Federkern getauscht. Ich habe gleich bemerkt, wie gut es sich darauf springen lässt, aber Oma hat gesagt, ich dürfe das nicht, die Federn könnten brechen. Danach bin ich nur mehr gehüpft und gesprungen, wenn sie im Garten war, wenn sie nicht hören konnte, was ich da mache in meinem Zimmer.

Auf dem Dach fliegen Funken, dann werfen die Männer Platten herunter, Oma sagt Kriegsblech dazu; als ihre Eltern zurückkehrten ins Tal, als sich die Front verlagert hatte nach Süden, war hier alles zerschossen, die alten Holzschindeldächer von den Flammen gefressen. Die Heimkehrer gingen hinauf in die Berge, zu den verlassenen Stellungen, sie holten dort Blech, um damit die Häuser wieder zu decken, auch Oma kannte das frühere Holzschindeldach nur von einem Foto.

In Omas Haus gab es durch das Erdbeben voriges Jahr nicht viele Schäden, der Kamin ist heruntergefallen und im Verputz waren Risse, in den Räumen, die Gäste betreten, hat Onkel Hans die ganz schnell weggemacht, im Fremdenzimmer, in der Küche, in Vorraum und Bad. Weil Oma das Vermieten nicht meldet, sind für die Nachbarn all ihre Gäste nur Besucher aus Kärnten, Bekannte,

Verwandte, das war immer schon so. Wenn Kinder mitkommen, schiebt Oma ein Klappbett ins Zimmer, auch das Gitterbett ist noch da, in dem Mama und ihre Schwestern gelegen sind, und die Gehschule, von Opa gezimmert, Laufstall nennen die meine Kusinen aus Wien, und sie sagen, Ställe seien etwas für Tiere. Ob Oma mich als Kind da hineingesetzt hat? Ich erinnere mich nicht, aber ich denke, sie hat darauf verzichtet, wenn ihre Töchter aus Wien da waren, die den Laufstall auch Käfig nennen, in dem man kleine Kinder wegsperren könne. Dem Himmel sei Dank, dass Onkel Hans keine Kinder hat, sagen meine Tanten aus Wien, hart wie Kruppstahl hätten die werden müssen mit seinen Methoden, er hatte den Tanten empfohlen, nicht auf das Weinen ihrer Babys zu hören, sie auch nachts schreien zu lassen, sonst würden sie später Tyrannen; Onkel Hans, der die *Nazibibel* für Kindererziehung noch immer zu Hause hat, *Reichsmütterschulung* nannten es meine Tanten, wenn der Onkel darüber zu reden begann.

In meinem Zimmer hier steht noch immer die deutsche Ausgabe von *Pippi Langstrumpf*, die hat mir Oma geschenkt.

Ich plagte mich mit Wörtern wie *Sachensucher, Sachenfinder, Goldklumpen, Straußenfedern* und *Knallbonbons*, so lange Wörter gab es in meinen italienischen Schulbüchern nicht, mit Oma zusammen habe ich alles entziffert, mit Oma, die nie richtig Deutsch gelernt hat, in der Schule nur das verordnete Italienisch, sogar auf dem Schulhof war Deutsch verboten, wer öffentlich Deutsch sprach, wurde bestraft. Die neuen Lehrer damals kamen aus den südlichen Teilen des Landes, sie konnten kein Wort Deutsch und mit den „fremdstämmigen“ Kindern hatten sie überhaupt kein Erbarmen. Ausradieren wollten die Italiener unsere Sprache, aus der Öffentlichkeit entfernen, hat mir Oma später einmal erzählt, mit drei mussten die Kleinen schon in den italienischen Kindergarten, *viva Mussolini!*

Oma verstand deutsche Texte lange nur mit vielen Erklärungen, die Wörter auf dem Papier waren weit weg von der Kärntner Mundart, ihrer Muttersprache, eine andere Welt war dieses Schriftdeutsch, eine Welt, in die sie spät erst hineinfand, mit fünfzig besuchte sie einen Deutschkurs, für die Enkelin, sagte sie, für mich, zusammen lasen wir dann Kinderbücher und die Tageszeitung aus Kärnten, bei jedem meiner Besuche war neuer Lesestoff da, von der Tante, Omas Schwägerin, über die Grenze nach Tarvis gebracht.

Sachensucherin und Sachenfinderin wollte ich werden, wie Pippi, gibt es das als Beruf?, fragte ich Oma, nein leider, aber am nächsten Tag versteckte sie für mich etwas im Garten und ich konnte suchen und finden, mit warm und kalt entdeckte ich schließlich etwas unter dem Tannenreisig auf einem Beet, es war ein Flummi, durchsichtig bis auf bunte, verschlungene Streifen, ich nahm ihn am Abend mit in mein Bett und mit hinaus zur Toilette. Seit ich ein Schulkind war, durfte ich aufs Häuschen gehen, davor hatte es den Topf gegeben und danach eine Schüssel, ich fühlte mich groß und erwachsen, wenn ich den Deckel zur Seite schob, das Loch machte mir Angst, aber das erzählte ich niemand, Mutprobe nannte ich jeden Klogang im Dunkeln. Die Verwandten hatten schon lange von einer modernen Toilette geredet, aber wozu?, fragte Oma, das ist doch Wasserverschwendung. Die Nachbarn haben längst eine im Haus, sagen Omas Söhne und Töchter, für Oma noch ein Grund mehr, das Holzhäuschen stehen zu lassen, auf einige der *Zuagrasten* rundherum war sie nicht sehr gut zu sprechen. Als Anfang der Vierzigerjahre fast alle Nachbarn weggingen und neue kamen, Italiener die Häuser der Deutschen bezogen, ließ Oma rund um ihr Grundstück alles verwildern, zuwachsen, sie stutzte die Hecke nicht mehr und auch nicht die Reihe der Hollerstauden hinter dem Stadl, wenigstens im Sommer hatte sie im Freien ein abgeschlossenes Reich, den Blick vom Wohnhaus über den Abhang hinunter zum Pontebbabach und zu den italienischen Häusern, die jenseits der alten Staatsgrenze standen, war sie ja seit jeher gewohnt.

Ich habe keine Freundinnen hier in Pontebba, und Luigi vom Nachbarhaus, mit dem ich früher gespielt habe, tut so, als würde er mich nicht mehr kennen. Also staube ich die alten Schachteln ab und beginne darin zu stöbern, aus Langeweile, alte Postkarten sind da und Fotos, Billetts und Zeitungsausschnitte auf vergilbtem Papier.

Gestern beim Abendessen haben Herr Ehrlich und die Tante mit Rotwein auf Du angestoßen, sie nennen sich jetzt Dieter und Rosa, das gefällt mir nicht. Herr Ehrlich hat das Glas auch in meine Richtung gehoben, anstoßen sei genauso mit Apfelsaft möglich, aber ich habe nicht darauf reagiert. Dass Herr Ehrlich ein Affe ist, würde ich dem Onkel gern sagen, er hat einfach eine Liane genommen und sich quer über den Stammbaum zu uns her geschwungen. Auch wenn Zio Antonio im Grab ist, in meiner Nähe ist kein Platz frei für Herrn Ehrlich. Oma hat beim Nachtisch erzählt, dass ich als Kind unten am Bach immer hin- und hergelaufen sei zwischen den alten Grenzsteinen, dabei hätte ich beide berührt, der Onkel aber ließ sie kaum ausreden, gesprengt haben die Österreicher die Brücke 1915, sagte er, damit die Wallischen nicht herüberkommen, aber schon 1917 sind wir über eine neue Brücke nach Süden marschiert. Am Ende war doch alles für die Katz, sagte der Onkel, da haben sich nach dem Krieg ein paar Gescheite zusammengesetzt und uns das Kanaltal weggenommen, Friedensvertrag war das keiner, sondern ein Schandvertrag. Hätten die Wallischen nicht die Seite gewechselt, wär hier alles beim Alten geblieben.

Ab morgen esse ich nur mehr in meinem Zimmer.

Exotische Schwarz-Weiß-Postkarten aus *Libia italiana* kommen aus einer hellblauen Schachtel mit weißen Wolken darauf, Karten mit *muselmanischen Bauten*, einem Lazarett unter Palmen, arabischen Kindern und Wasserträgern, mit Zelten und Kamelen, alle von Zio Peppino an Fanny Gitschthaler in Pontebba geschickt, an die ältere Schwester von Oma und Onkel Hans, ich lache über *eine dicke küss*, vor der Versetzung nach Libyen war Zio Peppino in der Kaserne Pontebba stationiert, da hat er Tante Fanny kennen gelernt. Dass sie auf einmal weg war, hat Onkel Hans nie verwunden, bis zu ihrem Verschwinden war der immer an ihren Rockzipfeln, hat Oma gesagt, Tante Fanny sei durchgebrannt mit dem Soldaten Peppino, als er zurückkam aus Libyen. Viele Jahre später soll der Onkel gesagt haben, wenn die Italiener auch diesmal die Seite wechseln, ziehe er mit Hitler gegen sie in den Krieg, als deutscher Soldat könnte er endlich Wallische abknallen,

Mama sagt, gemeint habe er da wohl vor allem Zio Peppino.

Heute war ich für drei Stunden in Venzone, zu Hause, aber dieses Wort stimmt nicht mehr. Von meinen alten Freundinnen habe ich keine getroffen. Drei sind mit ihren Familien ausgewandert. Wo hätte ich die anderen suchen sollen? Die letzten Evakuierten sind erst vor ein paar Tagen zurückgekommen, aus Lignano, in den Hotels und Appartements dort werden sie wieder gegen Touristen getauscht. Ich kann nicht glauben, dass die Deutschen und Österreicher, die auf der Staatsstraße an die Adria fahren und unterwegs Fotos machen von den zerstörten Häusern, sich dort gut erholen.

Am 16. September bin ich ans Meer gebracht worden, davor dachten wir, wir könnten *von den Zelten in die Häuser*, wie die Parole hieß, wir Friulaner wollten keine Baracken, denn in Süditalien waren daraus Dauerprovisorien geworden, das wussten hier alle, aber dann, nach den neuen Beben, ist die Parole unter einer dicken Staubschicht verschwunden, täglich kamen Busse und brachten die *terremotati* ans Meer. Für uns war Lignano Pineta geplant, ich fuhr mit den Neris dorthin. Mit Ella und Stefano teilte ich das Zimmer, Vera, spiel mit uns!, Vera, lies uns was vor!, bei ihrer Mutter hatten solche Bitten keinen

Erfolg. Tagsüber gab es keine Ruhe und in der Nacht lag ich zwischen den beiden im Doppelbett, das kleine Schlafzimmer gehörte uns, Signora Neri und ihr Mann übernachteten im Wohnraum, der zugleich auch die Küche war, aber ich wachte auf, wenn Ella und Stefano sich drehten und rollten, wenn sie mir an den Leib rückten im Schlaf.

Signora Neri hatte ein graues Gesicht, seit ihr jüngstes Kind tot war; ein Teil von ihr ist schon hinübergegangen, ist der kleinen Gilda gefolgt, so erklärte Mama, warum es oft schien, Signora Neri wäre nur mehr ein Geist.

Im Nachbarhaus gab es Streit, Flüche Weinen Geschrei, die Eigentümer aus Udine hatten ihr Ferien-Appartement besetzt, sie wollten die Wohnung nicht freigeben für die Evakuierten, die neu gekommen waren, ich war vor Ella und Stefano in den Garten geflüchtet und verfolgte alles durch die geöffneten Fenster.

Ein Streifenwagen hielt vor dem Nachbarhaus, zwei Carabinieri stiegen aus, ich drückte mich an die Hausmauer hinterm Balkon, damit ich unbeobachtet zuhören konnte, aber es wurde ruhiger im Appartement, aus Fetzen der Unterhaltung verstand ich, die Eigentümer müssten Platz machen für die Obdachlosen. Ich atmete auf, und als fünf Personen das Haus verließen, war ich nahe dran hinzulaufen, ich wollte sie fragen, ob sie sich vorstellen könnten, wie das ist, wenn man alles verloren hat und evakuiert wird, und dann würde einem das Dach über dem Kopf gleich wieder streitig gemacht, aber ich blieb lieber versteckt, erst als auch die Carabinieri weg waren, setzte ich meine Runden fort.

Ich musste nachdenken, was ich tun könnte, ich wollte nicht, dass Mama erfährt, wie es mir geht; bei Lignano hatte ich an den Duft von Sonnenöl gedacht und an den Eisverkäufer am Strand, an die kleinen Brunnen mit Kokosnussspalten und die Geschäfte mit tausend Ständern im Freien, voll mit Muschelketten und Muranoglastieren, aber jetzt war ich mitten in einem Pinienwald, umgeben von Erdbebenopfern, dem muffigen Geruch von Kleiderspenden und einem Strand, der leergeräumt war. Nach vier Monaten im Zelt war es nicht schwer gewesen mich zu überreden, gleich mit den Neris mit nach Lignano zu fahren, wir kommen bald nach, hatte Papa gesagt, die Nächte im Zelt wurden kalt.

Die Nonna weigerte sich, Venzone zu verlassen, sie wollte bei Zio Antonio bleiben, zwei Mal am Tag besuchte sie sein Grab. Wir brauchen noch etwas Zeit, um sie zu überreden, sagte Papa immer am Telefon, aber ich glaubte nicht, dass die Nonna ihre Meinung ändern würde, an heißen Tagen im Sommer ging sie nicht nur in der Früh und am Abend, sondern auch zu Mittag ans Grab, gießen, sagte sie, doch Mama meinte, sie wolle Zio Antonio bestimmt mit kühlendem Wasser versorgen; als die Helfer ihn bargen, war seine Haut zu großen Teilen verbrannt. Sobald wir nach dem ersten Beben zurückkamen zum Wohnhaus der Nonna, als Vater und sie anfingen, mit Werkzeugen aus dem Geräteschuppen nach Zio Antonio zu graben, und Mama und ich nur zuschauten, begann Rauch aufzusteigen aus den Trümmern, und da war die Erstarrung auf einmal weg, mit Eimern und Gießkannen holten wir Wasser aus den Regentonnen, wir schütteten es durch Ritzen und Spalten; ob eine geborstene Gasleitung das Feuer verursacht hätte oder eine brennende Zigarette oder auch beides zusammen, darüber haben wir sehr viel gerätselt, und Mama fühlt sich schuldig wegen ihres letzten Auftritts beim Onkel – und weil sie statt *addio* zu sagen nur die Tür laut zugeknallt hat.

Ich verstehe Mamas Traurigkeit nicht, nach all den Jahren des Streits mit dem Onkel, und sicher war es für ihn sogar der viel bessere Tod; das Siechtum bei Lungenkrebs, das Absaugen von Lungenwasser, die Atemnot, das Ersticken, Mama hatte ihm das alles wieder und wieder vorausgesagt. Dem ist er nun ja entkommen, aber auch für die Nonna ist das kein Trost.

Sie werde die Kinder zu mir hinunterschicken, hörte ich Signora Neri sagen, ich schaute hinauf, sie stand auf dem Balkon. Nein, bitte nicht, wollte ich gern sagen, oder nein, auf gar keinen Fall, aber ich konnte es nicht, und nach fünf Minuten zerrten Ella und Stefano an meinen Armen, Vera, geh mit uns hinunter zum Meer! Ein Blick zu Signora Neri, sie nickte, also gingen wir los, aber bald vergaßen die Kleinen den Strand. Ein Fahrradvermieter fragte, ob wir nicht eine Runde drehen möchten, ja! Ich habe meine Geldtasche zu Hause vergessen, sagte ich, ich hatte wirklich *zu Hause* gesagt, und der Mann lächelte, wir bräuchten kein Geld, er lade uns dazu ein. Wir stiegen zu dritt auf ein Gefährt, Stefano wollte ans zweite Lenkrad, zu den Pedalen hinunter reichten seine Beine aber noch nicht. Auf einmal Urlaubsgefühle, wir radelten vorbei an Hotels und Villen mit Palmen und Swimmingpools, und ohne die Richtung zu kennen, war ich mir sicher, auf dem Weg nach Lignano Sabbiadoro zu sein. Dort haben wir immer gewohnt, Oma, Nonna und ich. Die Kinder jubelten, aber der Pinienwald nahm kein Ende, einmal glaubte ich sogar im Kreis gefahren zu sein, eine Straße entlang, deren Linkskurve aufhören wollte, erst später habe ich den Grundriss des Ortes verstanden, eine Spirale. Wir fuhren immer weiter, doch Sabbiadoro war immer noch nicht in Sicht, nirgends Geschäfte, bald gab es auch keine Häuser mehr, rundum nur Wildnis, aber auf einmal war ein großes Wasser vor uns, und auf einem Schild las ich: *Fiume Tagliamento.*

Unser Fluss, sagte ich zu den Kindern, unser Fluss von zu Hause ist das, und schaut, hier fließt der Tagliamento hinein ins riesige Meer.

Noch immer fällt Kriegsblech vom Dach, aber bald werden sie da oben mit dem Ausbessern des Dachstuhls beginnen, einige Pfosten sind vom Holzwurm befallen.

Oma möchte, dass ich weiter mit ihr und den Männern zusammen esse, zu Mittag ist auch Signor Mestroni dabei, ich soll Dolmetscherin spielen, also meinetwegen, ich setze mich wieder dazu. Herr Ehrlich spricht noch immer nicht viel, aber er nickt mit dem Kopf, wenn Onkel Hans etwas erzählt.

Der Onkel sagt neben Signor Mestroni auf Deutsch, ich glaube nicht, dass der Dachdecker wirklich auf Urlaub ist. Krankfeiern, darin sind die Italiener Weltmeister, jeder kann ein ärztliches Attest kaufen und in Krankenstand gehen, die Kassen dürfen nicht kontrollieren. Ein Österreicher in Rom hat tagelang nichts bekommen vom Briefträger der staatlichen Post, weil der in Krankenstand war, aber derselbe Mann hat ihm Sendungen über einen privaten Kurierdienst pünktlich gebracht. Das habe ich vor kurzem in der *Kleinen Zeitung* gelesen. Und die Kommunisten profitieren von der Unordnung im Land, so sieht es aus auf dem Spaghetti-Vulkan. Signor Mestroni lächelt, er lächelt immer, wenn die anderen Deutsch reden, er schaut zu mir und wartet, aber das mit dem Krankfeiern werde ich jetzt nicht übersetzen. Ich sage einfach, der Onkel möchte schon lange einmal nach Rom fahren, er sei noch nie dort gewesen, vor der letzten geplanten Abfahrt nach Rom sei er krank geworden, anstatt auf Urlaub sei er dann in Krankenstand gegangen. Der Onkel hört auf zu kauen, als ich das sage, Onkel Hans, der immer behauptet, er hätte die italienische Sprache längst vergessen, er verstünde kein Wort mehr von dem, was die Faschisten in ihn hineingedroschen hätten im italienischen Zwangsunterricht.

Morgen kommen endlich die ersten Friedensziegel aufs Dach. Die Paletten liegen in hohen Stapeln seit Tagen zwischen Haus und Nebengebäude. Omas Sorgenfalten beim Blick zum Himmel, wird Regen kommen, wird es blitzen und donnern?, auch gestern hat sich ein herannahendes Gewitter wieder verzogen, *verso Tolmezzo*, lacht Herr Mestroni.

In den Schachteln finde ich Karten von Tante Fanny, adressiert an ihren Bruder Giovanni Gitschthaler in Pontebba, erst nach der Option fürs Deutsche Reich durfte er sich wieder Hans nennen. Auch Karten von Oma an Onkel Hans sind da, aus Messina, aus Neapel, aus Pompej und Taormina, Oma war oft im Süden bei ihrer Schwester, beim Schwager, bei ihren Neffen und Nichten, nur Onkel Hans hat Tante Fanny nie mehr gesehen.

Und da ist ein Foto von einem Lazarett unter Palmen. Ein anderes zeigt Soldaten, die auf Kamelen reiten. In einer anderen Schachtel, bei der Feldpost aus Russland, war auch irgendwo ein Kamel zu sehen neben Uniformierten, aber die meisten Fotos zeigten Schnee und Soldaten mit Schiern und Schlitten.

Mit einem Spagat zusammengebunden finde ich Postkarten in italienischer Sprache aus mehreren Städten, aus Parma, Milano, Napoli, Cagliari, Torino, Catania und Ravenna, alle mit Küssen für Signorina Anna Gitschthaler in Pontebba. Oma hatte also einen Verehrer. Das interessiert mich, aber ich müsste einmal alle Karten dem Datum nach auflegen, damit ich sehen kann, wie das zusammenpasst mit der Post, die Opa geschickt hat.

Dass Oma eine Heilige sei, weil sie einen Krüppel geheiratet habe, in seiner Flüsterzeit hat Opa das einmal gesagt. Opa, der sich selbst *Krüppel* nannte, obwohl das ein Schimpfwort ist, obwohl man niemanden so nennen soll. Aber die Heiligen, die ich kannte, schauten alle ganz anders aus als meine Oma in Pontebba, das habe ich damals sofort gesagt, ich hatte Heilige an den Wänden der Kirchen gesehen und auf Sockeln, die Augen oft nach oben gerichtet. So ein echter Heiligenblick war mir nie aufgefallen bei Oma.

Meistens aber nannte sich Opa nicht *Krüppel*, sondern Kriegsinvalide, eine Granate hatte ihm das Bein zerrissen, Genaueres weiß ich nicht. Wenn Besuch da war aus Kärnten, hörte ich oft das Wort *Opfer*, wie in der deutschsprachigen Messe. Er hätte sein Bein geopfert für Hitler, sagten sie, fürs deutsche Volk. Opa schwieg dazu, aber wenn italienische Kunden im Haus waren, sagte er, wegen dem Verrückten trage ich die Prothese. Hitler nannte er einen *pazzo*, daran erinnere ich mich noch ganz genau, da war er sich einig mit meinem Nonno. Von beiden Großvätern habe ich Wörter im Kopf behalten und Bilder, jetzt erst fange ich an, alles in eine Ordnung zu bringen.

Der gefährliche Russe, ein Riese, der auf den Erdball einhämmert, bis er zu bluten beginnt unter den Schlägen, aus allen Kontinenten rinnt Blut. Die rote Gefahr. Das gehört zu Opa.

Zu meinem Nonno gehört ein schwarz eingebundenes Buch, das er mitnahm, wenn er einmal im Monat mitging zur Messe. In der letzten Bank saß er immer ganz außen, aber er machte nicht mit beim Gottesdienst, er schaute immer nur in dieses

Buch und bewegte dazu seine Lippen, er vergaß niederzuknien und aufzustehen, er bekreuzigte sich niemals und schlug sich auch nicht an die Brust. Sein Gebetbuch war in Wirklichkeit ein verkleidetes Buch von einem italienischen Kommunisten, dem gescheitesten und wichtigsten, sagte der Nonno, er bewunderte diesen Mann mit dem Vornamen Antonio, seinen jüngsten Sohn hatte er nach diesem Vorbild benannt. Die Nonna sagte zum schwarz eingebundenen Buch *Kommunistenbibel.* Mein Großvater war für sie einer, der nicht ihren katholischen Glauben hatte, aber einen Glauben in einer anderen Farbe, das Rote störte sie nicht, doch bei seinem Begräbnis war dann trotzdem der Pfarrer dabei.

Weil ich nie Angst hatte vor seinem Beinstumpf oder vor der Prothese, weil ich mithalf beim Anlegen und Abnehmen, hätte ich das Zeug Krankenschwester zu werden, hat der Opa in Pontebba immer gesagt. Ich habe es ihm geglaubt, aber jetzt weiß ich, dass ich nicht dazu tauge; wenn beim Graben Tote sichtbar wurden oder Verwundete, bin ich weggelaufen, mir wurde übel, manchmal musste ich auch erbrechen. Mein Blick auf die Bahren: War das Gesicht des Getragenen frei, dann lebte er noch, bedeckte das Tuch auch den Kopf, dann trugen die Helfer einen Toten weg, das hatte ich schnell verstanden.

Den Opa hatten sie schon weggeführt, als Oma zu uns kam, sie stand vor der Tür, ohne dass sie Tage vorher Papa abgepasst hatte am Bahnhof Pontebba, was sie immer machte, wenn sie sich ankündigen wollte, sie stand jetzt da und sagte kein Wort. Kein Gruß, keine Umarmung wie sonst. Mama und ich sahen sie an und mir schien, als hielte jemand das Pendel der Kuckucksuhr fest. Sie haben Opa schon abgeholt, sagte Oma später, als sie im Wohnzimmer saß, aber wir könnten ihn noch einmal sehen.

Meine Zeichnungen nähte sie an die Innenauskleidung des Sargdeckels, Wolken und Engel, Stecknadeln wollte sie keine verwenden.

Das ist schon lange her, mehr als fünf Jahre.

Ich hatte gedacht, ich kenne schon alle bösen Witze von Onkel Hans, aber der war mir neu.

Ein Weinhändler aus dem Kanaltal hat seinen Keller vergrößert und dabei sind die Arbeiter auf ein Skelett gestoßen. Zuerst wurden sie eingesperrt, dann auch der Händler, aber nicht lange. Die Mordkommission kam zum Schluss, dass der Tote schon seit Jahrzehnten dort liege. Und sie stellte auch fest, dass es sich um das Skelett eines Italieners handle. Wie ist das möglich? Weil hinten die Makkaroni herausgeschaut haben.

Onkel Hans hat das heute zu Mittag erzählt. Und dann hat er mich angeschaut und zu Herrn

Ehrlich gesagt, jetzt bin ich neugierig, wie Vera das für unseren Dachdecker übersetzt.

Die Luft hat gezittert im toten Raum zwischen den Fronten.

Übernächste Woche soll ich mit diesem Witzeerzähler allein wegfahren, wir müssen nach Linz.

Am Sonntag holt mich Oma in die Küche, zum *Urbi-et-orbi*-Segen im Radio. Zwei Tage bin ich dem Onkel ausgewichen, habe sogar die Osterjause im Zimmer gegessen, aus Protest, aber heute komme ich einer gemeinsamen Mahlzeit nicht aus. Ich muss mich auch bedanken fürs Geld, für die drei Scheine im Nest zwischen Eiern, Schokolade und hellgrünem Papiergras, sehr *spendabel* war der Onkel, sagt Oma, sie hat das Körbchen in Opas Tischler-Werkstatt versteckt.

Am Montag fahren wir nach Hause, die Tante, der Onkel und ich. Herr Ehrlich bleibt da, er wird Signor Mestroni noch helfen. Der Onkel drängt, wir müssen zum Zug. Die Sendung heute am Abend möchte er zu Hause anschauen, um Viertel neun in FS 2: *Jahrmarkt* mit Peter Rapp, heute mit dem Titel *Villacher sein heißt Eisenbahner sein*, zu wenig Verlass sei auf Omas Antenne, immer wieder dieses schwarz-weiße Flimmern am Bildschirm.

Ob ich die Briefe und Karten heimlich einpacken soll? Nein. In ein paar Wochen kommen wir wieder, dann erst räumen wir alles zurück auf den Dachboden des Nebengebäudes.

Ich erinnere mich an meine erste Fahrt mit Tante Rosa und Onkel Hans von Pontebba nach Villach. Das war Ende September, sie sind mit dem Auto gekommen. Ich hatte von einer öffentlichen Sprechstelle in Lignano aus mit Oma telefoniert, für Erdbebenopfer war das gratis, ich wollte nicht mehr in Lignano bleiben, wollte nicht mehr Kindermädchen spielen für Ella und Stefano.

Mit Bussen und Zügen bis Pontebba, mit meinem ganzen Gepäck. Auf dem Bahnsteig erwartete mich Oma. Papa war gekommen und der Familienrat hatte schon entschieden über mich und meine zwei Koffer. Omas Haus sei zu unsicher, obwohl nicht viel passiert war bisher, aber im Ort selbst gab es größere Schäden, und wie viele Nachbeben noch kommen, wer könnte das wissen. Ich sollte nach Villach, zu Tante Rosa und Onkel Hans. Alles besser als Lignano oder Venzone. Am nächsten Tag ging es mit dem roten VW Richtung Österreich. Schon in Malborghetto war mir schlecht auf der Rückbank, und in Camporosso musste ich aussteigen, ich wollte nicht das Speibsackerl benutzen, vorsorglich lag so etwas vorne im Handschuhfach. Am Straßenrand dann Omas Ritschert mit den Bohnen aus ihrem Garten. Die Gerste fast unzerkaut. In Thörl-

Maglern kam dem Onkel mein blasses Gesicht sehr gelegen, meine Nichte verträgt das italienische Essen nicht, sagte er zum Grenzpolizisten, gut, dass wir wieder nach Hause kommen. Durchwinken auf beiden Seiten. Aufatmen. Ich hatte damals noch keinen eigenen Pass, das mach ich schon, hatte der Onkel zu Papa gesagt, du musst nicht mitfahren, mich haben die noch nie genau kontrolliert.

VI.

Sie ist eine halbe Italienerin, sagt der Onkel, zum ersten Mal stellt er mich so vor, sonst bin ich immer zur Hälfte *volks*deutsch. Oder Enkelin von Altösterreichern. Jetzt wird Herr Lindner gleich *Buon giorno* sagen oder *Come stai?*, denke ich mir, das bin ich längst gewohnt von den Österreichern, die ihre zehn Wörter Strandtalienisch anbringen wollen, sobald sie wissen, woher ich komme, doch Herr Lindner sieht mich nur an und lächelt. Einen Kriegskameraden von Onkel Hans hab ich mir anders vorgestellt, vor allem einen mit amputiertem Zeh, aber Herr Lindner zieht den Schuh nicht aus und den Socken, er präsentiert nicht sofort seine Verletzung, wie Großvater es immer mit seinem Beinstumpf gemacht hat.

Ob Herr Lindner weiß, warum ich morgen einen Termin bei dem Spezialisten hier habe in Linz? Es ist ja eine Frauensache und ich glaube, die Tante hat alles nur mit Frau Lindner beredet, und die ist in Bregenz bei einem Begräbnis.

Die Siedlung der Lindners sieht aus wie die Siedlung von Tante und Onkel in Villach, *Nazi-Architektur* sagt Hannes dazu, die Häuser hat *der Hitler* gebaut für die Volksdeutschen aus dem

Kanaltal, die über die Grenze *heimkommen* wollten *ins Reich*.

Und so frage ich Herrn Lindner, ob er auch umgesiedelt ist wie der Onkel, und ich frage das schnell, als Onkel Hans aufs Klo geht und dort sicher wieder eine längere Sitzung hat, ich will ihm nicht ein Schlüsselwort geben, denn beim Thema Kanaltal kann der Onkel nicht mehr aufhören zu reden, da ist er wie die Fella nach heftigem Regen, wenn der Fluss durchs Kanaltal rast und sprudelt und schäumt, und ich habe die ganze Geschichte schon zu oft gehört.

Ja, wir sind auch umgesiedelt, aber gegen unseren Willen, wir haben es uns nicht ausgesucht wie dein Onkel, sagt Herr Lindner und zeigt auf die Fotos über der Couch, drei Schwarz-Weiß-Aufnahmen hinter Glas, eine Kirche, ein Friedhof, Bauernhäuser, das war St. Peter, mein Dorf, bevor es *dem Erdboden gleichgemacht* wurde. Ein Erdbeben?, frage ich, denn diese Phrase kenne ich aus Kärntner Zeitungen über das Erdbeben in meiner Heimat, ich will nicht daran denken, aber die Wörter reißen den Vorhang auf.

Nein, sagt Herr Lindner, dort haben sie dann eine große Fabrik hingebaut, von heute auf morgen mussten wir weg, ein paar Tage später wurden schon die ersten Häuser gesprengt.

Und die Kirche?, frage ich, und ich sehe die Kirche *Sant'Andrea* in Venzone vor mir, zuerst so, wie sie früher war, und dann zusammengestürzt.

Auch weg, sagt Herr Lindner.

Und der Friedhof?, will ich fragen, aber Herr Lindner antwortet schon, die Toten wurden ausgegraben und auf einem anderen Friedhof wieder schlafen gelegt. Dazu fällt mir ein deutsches Wort ein, *Tapetenwechsel*, aber es passt wohl nicht ganz, das verwenden die Leute, wenn sie von daheim wegfahren an einen anderen Ort. Die Tapeten sind den Österreichern wichtiger als die Luft, denke ich, bei uns sagt man nur *cambiamento d'aria*, und zumindest bei dieser Reise würde das viel besser passen, denn die Luft hier in Linz ist wirklich anders als jene in Villach, die Muster auf den Tapeten in der Wohnung da und dort aber unterscheiden sich kaum.

Dabei hatte der Name Linz für mich immer einen feinen Geruch, einen nach gerösteten Nüssen und Ribiselmarmelade, die Kanaltaler Oma brachte uns zu Weihnachten dieses Gebäck mit den drei Augen, die stünden für den Vater, den Sohn und den Heiligen Geist, sagte sie, und ich war mir sicher, dass mein Nonno sich deshalb geweigert hat, die *Linzer Augen* zu essen, vom himmlischen Personal hielt er sehr wenig, da war er stur.

Am Abend gibt es Fisch aus Konserven und Herr Lindner erlaubt mir, selbst eine zu öffnen, *su*, *coraggio!*, sagt er, und Mut brauche ich wirklich, denn in Villach darf ich das nie, die scharfen Kanten sind zu gefährlich. Der Onkel schaut genau hin, wie ich es mache, und tatsächlich passiert es unter den Augen des Onkels, aus meinem Zeigefinger kommt Blut, schnell damit unter den Wasserhahn, bald ist es vorbei.

Herr Lindner holt Wein aus dem Keller und für mich gibt es Saft, ein Fisch muss dreimal schwimmen, sagt er, zuerst im Wasser, dann im Öl und zum Schluss im Wein, er sagt es auf Italienisch und lächelt dabei. Seine Worte klingen anders als das übliche Stranditalienisch, denke ich mir, aber ich wische mir eine Frage mit der Serviette weg von den Lippen, das habe ich in Friaul gelernt, 1943, antwortet Herr Lindner trotzdem, und nun geht es also doch los, der Abend gehört Hitler und Mussolini, noch von meinem Schlafplatz im Wohnzimmer aus höre ich die beiden sprechen, sie glauben wohl, ich würde nichts hören, Geschichten vom Krieg. Der Onkel sagt immer, dass die Italiener im Krieg Feiglinge waren und Verräter, und dass sie Schuld haben an der Niederlage von Stalingrad; dass meine Mutter, seine Nichte, einen *Itaker* geheiratet hat, geht ihm ganz gegen den Strich.

Ich könnte aus der Metalldose des Onkels das rosa Ohrenwachs nehmen, damit ich einschlafen kann, aber ich habe Ekel vor diesen mit rosa Watte umgebenen Kugeln, die sich schon im Gehörgang des Onkels mit Schmalz vermischt haben.

Herr Lindner ist auf meiner Seite, bemerke ich jetzt, er sagt, dass die Italiener vernünftig waren mit dem Friedensschluss, sie wollten den Stiefel schützen vor einem sinnlosen Krieg gegen die Alliierten, zum Glück haben sie den Duce abgesetzt, sagt er, und was für ein Unglück, dass in Deutschland alle Verschwörungen gegen Hitler misslungen sind.

Über ein Eigenschaftswort denke ich nach: wortbrüchig. Das verwendet der Onkel oft, wenn er vom Ersten und Zweiten Weltkrieg erzählt. Die Italiener waren wortbrüchig, sagt er immer. Einmal habe ich etwas gehört, das nicht für meine Ohren gedacht war: Die zerstörten Häuser wären eine späte Strafe für den Wortbruch der Italiener. Der Onkel und ich waren allein in der Wohnung. Er hatte die Wohnzimmertür zugemacht beim Funken, und ich bin aus dem Kabinett hingeschlichen zur Tür und habe gelauscht.

Ich stelle mir Wörter vor, die auseinanderfallen, eine zackige Linie geht quer durch sie hindurch. Ich kann sie retten: Ich schreibe sie neu.

Das Kuvert mit den vierhundert Schilling hat mir die Tante in die Toilettentasche gesteckt, in der Früh schaue ich zum dritten Mal nach, ob es noch da ist. Ja.

Diesmal muss es klappen, damit die Tante nicht wieder Geld in den Wind wirft wie beim letzten Versuch. Das Kuvert damals war für den Naturheiler in Villach, der Krankheiten in den Augen der Patienten erkennt, niemand muss sich ausziehen für eine Diagnose, die Lupe ist sein einziges Instrument. Deine Gebärmutter ist viel zu klein, hat der gesagt, wenn du später einmal ein Kind bekommst, könnte das Baby da drinnen ersticken, im fünften oder sechsten Schwangerschaftsmonat. Die Tees des Naturheilers in Villach aber hatten nicht die versprochene Wirkung und auch nicht das Öl, das ich mit einer Zahnbürste einmassieren sollte, neben dem Ringfingernagel, morgens und abends. Dafür bekam ich Alpträume von Föten, die in Schnaps schwimmen, Föten mit aufgerissenen Augen und Mündern, erstickten *Leibesfrüchten*, eingelegt in Rexgläsern mit roten Kautschukringen unter den Deckeln, diesen Scharlatan sollte man anzeigen, sagte die Schulärztin, als ich ihr davon erzählte, die Gebärmutter wächst doch in der Schwangerschaft mit. Danach wollte ich die Tees nicht mehr trinken, auch mit dem Öl habe ich nicht mehr weitergemacht, du hast zu früh aufgegeben, meinte die Tante, dieser Mann ist eine *Kapazität.*

Warum die Tante so viel hält von ihm, getraute ich mich nicht zu fragen, weil sie doch einen *ausgeräumten Unterleib* hat, wie sie es nennt, aber was genau das bedeutet, wenn ein Unterleib ausgeräumt wird wie ein Zimmer oder ein Kühlschrank, weiß ich immer noch nicht, weder mit der Tante will ich darüber sprechen noch mit den Mädchen in meiner Klasse, nur nicht anstreifen beim Thema Bauch, und beim wöchentlichen Anruf der Eltern in Villach ist auch kein Platz für diese Frage, sie telefonieren immer von einer öffentlichen Sprechstelle aus.

Der *Spezialist für den Unterleib* ordiniert drüben in Urfahr, sagt Herr Lindner beim Frühstück, und ausnahmsweise gehe ich mit euch hinüber auf die Seite der Russen, was?, schreit der Onkel, die sind doch schon so lange weg, vor über zwanzig Jahren abgezogen, aber Herr Lindner bleibt dabei, drüben sei russische Zone, und schon auf der Brücke beginne sein abgestorbener Zeh wieder zu schmerzen.

Der Spezialist ordiniert also in einem Gasthaus, beim Eingang stehen Leute herum, vor allem Frauen, aus dem ganzen Land kommen die, sagt Herr Lindner, sogar von jenseits der Grenze, aus Bayern, einige haben Klappstühle mitgebracht, die Stube drinnen ist voll. Die Kellnerin gibt Zählkarten aus, Nummer vierundfünfzig steht auf unserem Zettel, da geht sich noch ein Spaziergang aus, sagt der Onkel, drei Stunden stehe ich da jetzt nicht blöd herum. Auf den Straßen von Urfahr sprechen die Männer von der Kälte des russischen Winters und merken gar nicht, dass die Alleebäume hier blühen, sie reden von russischen Frauen und Wodka, einen Schritt vor und zwei zurück machten die Italiener, sagt der Onkel auf einmal, und Herr Lindner entgegnet, wenn einer von ihnen ein Brot hatte, dann hat er es immer geteilt.

Dass ich mich nicht ausziehen muss, hat Frau Lindner der Tante geschrieben, der *Spezialist für den Unterleib* trägt keinen Arztmantel, er ordiniert in Zivil, und einen Untersuchungsstuhl gibt es auch nicht. Beim Öffnen der Tür sehe ich, dass da drin auch eine Frau sitzt an einem der Gasthaustische, mit einer Kassa, das wird die Sprechstundenhilfe sein, denke ich mir, zum Glück ist die da, denn Onkel Hans hat nicht vor, mich zu begleiten, der sitzt vor seinem fünften Glas Bier.

Nummer vierundfünfzig, kommt durch den Türspalt, ich bin erschrocken und erleichtert zugleich, beim Hineingehen spüre ich den Boden nicht unter den Füßen, aber diesen Geruch da kenne ich, den verströmt auch ein Lehrer am Mädchengymnasium in Villach, Pitralon, ein deutsches Rasierwasser, von der gleichen Firma wie das Mundwasser mit den zwei O, das finde ich witzig, denn der Vorname des Professors ist Odo. Ich solle mich setzen, sagt der Spezialist für den Unterleib, und dann sitze ich in dieser Geruchswolke und fühle mich gar nicht so unwohl, der Wolkenwechsel gefällt mir, gerade noch war ich von Bierdunst umgeben.

Was ist dein Problem, fragt der Mann aus der Pitralonwolke heraus, er wirkt nicht wie ein Arzt und auf dem Tisch liegt kein einziges Instrument, aber er hat einen stechenden Blick.

Ich sage, dass meine Regel weg ist, wie lange?, fragt er und schaut sofort auf meinen Bauch, seit dem Erdbeben vorigen Mai, sage ich, woher kommst du?, aus Venzone, wo ist das?, in Friaul, aha, aja, hab davon gehört. Der Mann bewegt seine rechte Hand so, wie man bei mir zu Hause *ciao* sagt, und für einen Moment frage ich mich, soll ich jetzt aufstehen und gehen?, aber dann bringt die Frau eine Rolle Aluminiumpapier. Er reißt ein Stück davon ab, zerknüllt es und presst die Folie zwischen den Händen zu einem ganz flachen Ding, dann schließt er die Augen. Das zerknüllte und gepresste Aluminiumpapier zwischen den Handflächen, bewegt er die Lippen, er murmelt etwas, doch ich verstehe kein Wort. Die Frau am Tisch daneben hat keine Andacht, würde Oma das nennen, wie der Mesner in Pontebba, der während der Wandlung das Opfergeld zählt.

Du musst das jetzt immer am Körper tragen, sagt der Mann, und er überreicht mir das Aluminiumding, deine Mutter soll ein Stoffsäckchen nähen, das kannst du am Bindengürtel festmachen, dann ist es am richtigen Ort.

Fertig?, frage ich und lege das Kuvert auf den Tisch, nackte Geldscheine sind unhöflich, hat die Tante gesagt, darum die Verpackung, dann noch ein Händedruck und hinaus bei der Tür.

Der Onkel ist rauschig oder etwas in dieser Richtung, er gibt der Kellnerin so viel Trinkgeld, dass Herr Lindner den Kopf schütteln muss, draußen an der Luft beginnt Onkel Hans zu pfeifen, aber bald schimpft er wieder, Itaker, Russenschweine, das Übliche, ich bleibe ein paar Schritte hinter den beiden zurück, auch Herr Lindner geht nicht ganz gerade, jetzt sprechen sie auf einmal vom Boccia-Spielen in der Steppe, Nüsse haben sie dafür verwendet. Was der *Spezialist für den Unterleib* gesagt hat, interessiert sie wohl nicht.

Auf der großen Brücke *zwischen Sibirien und Washington* erzählt Herr Lindner von Hitlers Liebe zu Linz, und mir geht ein Licht auf, vielleicht war es ja doch nicht wegen der drei heiligen Löcher, wo die rote Marmelade durchschaut, vielleicht hatte es etwas mit Hitler zu tun, dass mein Nonno diese Kekse niemals gegessen hat, denn mein Nonno hat über *Itler* gleich viel geschimpft wie über den Duce.

Mitten auf der Brücke bleibt Herr Lindner stehen und sagt, da flussabwärts rechts, da war mein Dorf, er beugt sich über das Brückengeländer und spricht von Sauerampfer, Klatschmohn und Klee auf den Feldern, wo heute Hallen stehen und Schlote, und Onkel Hans erzählt vom Kanaltal, von den für den Kasernenbau enteigneten Feldern, und ich, ich versuche, nicht an Venzone zu denken, von wo ich auch etwas zu erzählen hätte, von den Glockenblumen nämlich und von den Gräsern, die aus den Fugen der Stadtmauer wuchsen und jetzt weiterwuchern zwischen den Trümmern, und dass jetzt bald Jahrestag ist, dafür nehme ich das Aluminiumding aus meiner Tasche, niemand weiß ja davon, *su, coraggio!*, denke ich mir, und dann lass ich es los, die Sonne macht silbern leuchtende Flecken unten am Wasser, darin verschwindet es schnell.

Ich habe ein Kuvert mit vierhundert Schilling in den Wind geworfen und auch die Fahrkarten hin und zurück waren vergebens, aber ich fühle mich wohl. Es war ein Schokoladenpapier aus meiner Tasche, sage ich zu den Männern, und die Schoko haben mir die Amerikaner drüben geschenkt. Im Gesicht meines Onkels bewegen sich ein paar Muskeln, auf den Wangen, rund um Augen und Mund, es könnte ein Lächeln sein.

VII.

Heute habe ich von Pino geträumt. Zio Antonio hatte ihn mir bei der Vogelmesse in Sacile gekauft. Meine Schaufel fuhr hinein in den Schutt, kraftlos wegen der Angst, ich könnte ihn verletzen, mit der Kante seinen Körper aufschlitzen, ich wollte ihn finden und begraben, bevor sich die Ameisen über ihn hermachten, bevor sie ihn zerfraßen, schon öfter hatte ich einen Vogelkadaver gesehen mit einem Gewimmel von Ameisen zwischen Knorpeln und Knochen. Mein Kopf muss alles gefilmt haben voriges Jahr, ich erinnere mich an jedes Detail, in wenigen Tagen feiert das Erdbeben Geburtstag.

Mit der Schaufelspitze hebe ich vorsichtig Schuttbrocken weg, größere und kleinere Steine, Verputz, ich muss leise sein, damit mich niemand bemerkt, für Kinder und Jugendliche ist es verboten, in die zerstörten Häuser zu gehen. Die Männer haben einen Wachtrupp organisiert, zu dritt schleichen sie um die Ruinen, vor allem wegen der Plünderer, sagen sie, irgendwo hätten schon Gauner was aus dem Schutt gegraben, diese Arschgeigen, diese feigen Rindvieher, aber die hätten ihre Strafe bekommen, erschlagen habe man sie, recht so!

Ich hatte Pino aus dem Käfig gelassen, kurz bevor wir weggingen, er war von der Stange auf den Boden gehüpft, von dort gegen die Gitterstäbe geflogen, einmal, zweimal, dreimal, Pino, der sonst immer so ruhig war, der ganze Käfig nur mehr ein Federnwirbel, kleine Daunen schwebten zwischen den Metallstäben heraus. Ich schloss also das Fenster und machte die Käfigtür auf, das tat ich hin und wieder, auch gegen das Verbot von Mutter, dafür putzte ich immer alle Spuren von Pinos Freiflügen weg, Federchen und Kot.

Der Papagei landete auf der Karniese, dort beruhigte er sich, Mama rief schon nach mir, ich musste das Zimmer verlassen, ciao, ciao, unser übliches Ritual, das letzte Ciao von Pino klang schrill.

Wir wollten der Nonna einen Teller zurückbringen, ein Abendspaziergang über die Brücke des Tagliamento, hinüber nach Pioverno, wo ihr Haus damals noch stand. Mama war nervös und sagte, irgendetwas liege heute in der Luft, nichts Gutes, und Vater fragte, hast du Kaffee getrunken?, Kaffee und Herzrasen gehören bei Mutter zusammen, aber trotzdem nimmt sie immer wieder ein paar Schluck von diesem Getränk, ach was, Kaffee!, sagte Mutter gereizt und deutete hin zur Stadtmauer, über die Steine flitzten Eidechsen, ein ungewöhnlicher Anblick zu dieser Tageszeit und vor allem bei dieser Temperatur.

Mitten auf der Brücke hörten wir Laute von Tieren, von Rindern und Schweinen, und aus allen Richtungen Hundegebell, die haben heute wohl alle Kaffeesatz ins Futter bekommen, Vater, der es immer mit Witzen versuchte, wenn Mutter ihr *Kaffeeflattern* hatte, so nannten wir beide heimlich diesen Zustand erhöhter Gereiztheit, hör auf damit!, sagte Mutter, und auch ich konnte über Vaters Witz damals nicht lachen, irgendetwas hielt mich davon ab, nicht einmal mit einem höflichen Kichern konnte ich Vaters Eifer belohnen, es hat sicher nur mit dem Onkel zu tun, sagte ich, jedes Treffen mit Vaters Bruder endete im Streit. Zio Antonio, der noch immer zu Hause wohnte, mit fünfunddreißig, dem die Nonna in der Früh den Kaffee kochte und am Abend das Essen, dem sie die Wäsche wusch und bügelte, Affenliebe nannte das Mama, und sie sagte, als Dank dafür verkohle er der Nonna die Lungen mit seinem Qualm.

Die Haustür war offen, wie immer, und im Vorraum roch es nach kaltem Rauch; Mamas Bewegungen wurden schneller, pass auf, der Teller, sagte Vater, er nahm ihn ihr aus der Hand. Zu dritt standen wir in der Küchentür, und noch vor einem Gruß begann Mutter wieder das alte Lied, wie ihr Schwager es nannte, wenn sie schimpfte wegen der dicken Luft in der Küche, und er reagierte darauf mit ganz langen Zügen, der Stängel glimmte, während Zio Antonio Mama ins Gesicht sah, mit Spott um den Mund. Nonna, die aufstand, die das Spiel beenden wollte, immer dasselbe, sagte sie, kommt, wir gehen hinaus, und Vater, der sich längst nicht mehr einmischte, stellte den Teller auf den Tisch, ein runder Tortenteller mit Goldrand, die Nonna hatte am Wochenende für uns gebacken.

Jetzt arbeite ich mit bloßen Händen, ein paar große Brocken habe ich in die Ecke geschafft, auf einmal ein roter Schimmer unter dem Staub, meine Schultasche, ich ziehe sie heraus, aber ich bin enttäuscht, Stimmen von draußen, hoffentlich entdeckt mich hier niemand, nein, die Eltern können es nicht sein, die sind drüben in Pioverno, sie graben nach dem verschütteten Onkel, heute ist das Bergungsgerät gekommen, ich wollte mitgehen, aber Vater hat gesagt, nein, das ist nichts für dich, bleib hier beim Zelt.

Ein Stück noch ging die Nonna mit uns Richtung Brücke, frische Luft schnuppern wolle sie, und während sie den Eltern von der Arbeit im Garten erzählte, vom Umstechen, und Mama gleich sagte, er soll dir helfen, warum hilft er dir nicht?, steckte mir die Nonna ein paar Scheine zu, die hatte sie aus den tiefen Taschen ihrer Kleiderschürze gezogen, an diesem Tag trug sie die großkarierte in Schwarz und Türkis, für neue Nylonstrümpfe, flüsterte sie, derweil Mutter über Zio Antonio schimpfte, Nonna hatte die Laufmaschen an meinem Schienbein bemerkt.

Soll ich dir helfen, sagt eine Stimme, und ich erschrecke, aber es ist nur Giovanni, mein Nachbar, drei Jahre älter als ich, ja, hilf mir, bitte, ich suche Pino, und Giovanni nimmt die Schaufel und sticht damit hinein in den Schutt; ich schaue nur zu und sage nichts mehr, es wird bereits dunkel, wir ziehen zusammen die Reste meines Kastens heraus, Federchen fliegen hoch, kleine, staubige Daunen, ich sammle sie alle ein.

Sie haben ihn herausgeholt, sagt Vater, dein Onkel ist tot. Ich bin kurz nach ihm ins Zelt gekommen, wo ist Mutter?, frage ich sofort, und wo ist die Nonna?

Die sind bei ihm geblieben, sie passen auf den Onkel auf, die Särge sind aus, sagt Vater, und er blickt dabei vor mir auf den Boden, er fragt nicht, wo ich gewesen bin, und ich sage auch nichts von den Daunen in meiner Tasche.

Am nächsten Tag entdecken uns die Wächter, noch bevor wir zu graben beginnen, Giovanni war zu laut, aber die Männer schimpfen nicht, geht nach Hause, sagen sie, ab ins Zelt, und dann verriegeln sie den Eingang, ich wage nicht, von meinem Papagei zu erzählen angesichts der Toten, wir gehen weg, klettern über Schutthäufen, wohin?, frage ich Giovanni, der den Weg einschlägt hinüber zum Fluss. Ich weiß nicht, was er vorhat, aber ich folge ihm, schaue zu, wie Giovanni einen Holunderzweig abbricht, links neben der Brücke geht es hinunter zum Tagliamento, wir springen über Rinnsale und breite Adern, in denen das Wasser schneller fließt, und dann steuert Giovanni wieder zum Ufer hin; ich spüre nichts, aber ich beobachte, wie wir da stehen, und Giovannis Hände knicken den Holunderzweig, sein Taschenmesser trennt die Bruchstellen, mit der abgezogenen Rinde bindet er zwei Stücke zusammen, ein Kreuz. Er nimmt ein Treibholz und gräbt damit ein Loch in die lehmige Erde, komm, sagt er, wir begraben jetzt Pinos Federn; ich sehe mir zu, wie ich die Daunen aus der Tasche hole, nur zwei davon gebe ich nicht in die Grube, eine stecke ich ans Kreuz, das Giovanni in den Lehm hineingedreht hat.

Zwei Tage später werde ich weinen, am Friedhof, wenn sie Zio Antonios Sarg hinunterlassen, aber ich denke dabei nicht an Vaters Bruder, sondern an flaumige Federn und an das Krächzen von Pino, ciao.

Für die Nonna hat ein Zeltnachbar Strickgarn gebracht, von der Ausgabestelle für Kleiderspenden, einen großen Sack voller Wollknäuel, die meisten noch mit Etikette, endlich haben Nonnas Hände wieder etwas zu tun. Wenn gekocht und abgewaschen ist und das Geschirrtuch schon an der Leine flattert, geht sie vor dem Zelt hin und her; wenn wir sie auffordern, sich auf einen Klappstuhl zu setzen, verschränkt sie ihre Arme und reibt mit den Daumen an den Innenseiten ihrer Ellbogen, Mama kann das nicht mehr sehen. Zum Glück hat Vater eine Blechschachtel mit Strick- und Häkelnadeln ausgegraben und eine Schere, nun geht es los, das vertraute Geklapper beruhigt uns alle, bis die Nonna sagt, sie stricke Socken für ihren Buben, damit kann sie nur Zio Antonio meinen, und den haben wir vor drei Wochen begraben.

In ihrem Haus, das jetzt in Trümmern liegt, gab es immer etwas zu tun, in der Küche, im Garten, im Hühnerstall, und wenn auch die Wäsche gebügelt war, begann die Nonna zu stricken, sitzend habe ich sie außer beim Essen immer nur mit Nadeln und Wolle gesehen, sie strickte vor allem Socken, für die Familie hier und für die Verwandten in Kanada, für ihre Söhne dort und für deren Frauen und Kinder, auch die Nachbarn bekamen zu Weihnachten bunte Socken, meist in zwei oder drei Farben, die Nonna wusste längst die Vorlieben der Träger, ob sie dickeres oder dünneres Garn wollten, schmale oder breitere Streifen, und manche sagten, heuer möchte ich diese und jene Farbe, die Nonna richtete sich danach.

Mit sechs bekam ich von ihr dicke Stricknadeln aus Plastik, sie zeigte mir den Maschenanschlag und wie man es macht mit glatt und verkehrt; nach drei Übungsflecken durfte ich mit dem Rundstricken beginnen. Bald lernte ich die Spannung des Fadens zu steuern und die Maschen wurden harmonisch. Der große Moment, als mir die Nonna ihr Strickzeug in die Hand gab, da, probier es, die ersten Reihen mit den viel dünneren Nadeln misslangen, dann aber ging es immer besser und schneller, die Nonna erlaubte mir den ganzen Schaft zu stricken, erst bei der Ferse nahm sie das Strickzeug wieder selbst in die Hand.

Früher ging sie auch in fremde Haushalte zum Arbeiten, zu Geschäftsleuten in Venzone, zu *Kapitalisten*, wie der Nonno sie nannte, er war immer dagegen, er wollte nicht, dass seine Frau wohlhabende Leute bediente, aber die Nonna machte es trotzdem, sie putzte und kochte; was zu Mittag übrig blieb, durfte sie einpacken, der Nonno aß nie etwas davon, er wollte nichts von den Kapitalisten, die der Nonna Geldscheine in die Schürze steckten für ihre Dienste, also kochte sie zu Hause ein zweites Mal. Dass sie meinen Onkeln in Kanada nicht nur Socken schickte und getrocknete Kräuter aus ihrem Garten, hat sie mir erst nach

Großvaters Tod verraten, immer schon hatte sie auch eingerollte Lire-Scheine in den Paketen versteckt, später, als ich ihr helfen durfte, das Geld in die Socken zu stopfen, sah ich darauf nie die Köpfe von Verdi oder Galilei, sondern mindestens den von Kolumbus, einmal war es sogar der weißhaarige Leonardo da Vinci, fünfzigtausend Lire.

Als die Nonna sagt, Zio Antonio mag blau-rot gestreifte Socken am liebsten, widerspricht ihr niemand, sie wird sich schon wieder beruhigen, flüstert uns Papa zu. Von meinem schlechten Gewissen erzähle ich niemand, seit die Nonna seltsame Sachen sagt, beißt mich die Erinnerung, ich vermute einen Zusammenhang zwischen der Verwirrtheit der Nonna und meinem Diebstahl, drei Wochen vor Ostern habe ich zwei Lire-Scheine für Kanada in meinen Ärmel gesteckt. Die Nonna hätte mir das Geld sicher geschenkt, aber ich wollte sie nicht darum bitten. Ich schäme mich, dass ich mir davon in Gemona Ohrringe gekauft habe, heimlich, Pia und ich hatten sie zwei Wochen lang in der Auslage bewundert und dann zwei Paar davon erstanden, im Park tauschten wir sie gegen unsere Ohrstecker aus Gold. Silberne Ringe, drei auf jeder Seite, baumelten an unseren Ohrläppchen, sicher waren sie nicht echt, aber sie machten uns älter, wir wollten zu einem Film mit Bruce Lee, der nicht jugendfrei war, zusammen mit geborgten Stöckelschuhen und Lippenstift hofften wir am Billeteur vorbeizukommen, tatsächlich saßen wir dann im Saal und verstanden schon bei der Vorschau auf die Filme der kommenden Wochen, warum diese Vorstellung nicht für Jugendliche unter achtzehn gedacht war.

Weder vom Film noch von dem Ohrschmuck hätte ich der Nonna erzählen können, beim Wort *bigiotteria* verzogen alle weiblichen Verwandten das Gesicht, und herunterhängende Ringe waren sowieso nur etwas für Zigeunerinnen. Im Zug nach Venzone gaben wir wieder die kleinen Stecker in unsere Ohren.

Ob die Handleserin auch Ohrgehänge trug?

Die Nonna war vierzig, als eine Zigeunerin ihr ein langes Leben voraussagte, du wirst siebenundsiebzig und bis zum Schluss bist du gesund, fünf Kinder, alles Söhne, immer wieder hat sie die Worte der Zigeunerin wiederholt, in den letzten Jahren immer leiser und dann gar nicht mehr, sie glaubte daran, mit vierzig hatte sie vier Söhne und ein fünfter kam tatsächlich noch zwei Jahre später, Zio Antonio. Mit fünfundsiebzig wurde sie Witwe, und als Mama erzählte, dass immer wieder Personen den geliebten Verstorbenen nach wenigen Monaten folgen, fürchtete ich um das Leben der Nonna, vielleicht hatte sich die Handleserin ja um zwei Jahre geirrt. An ihrem fünfundsiebzigsten Geburtstag sagte die Nonna, ab jetzt wird nicht mehr gefeiert. Sie möchte das

Schicksal überlisten, dachten wir alle und hielten uns daran, Mama, Papa und ich und sicher auch Zio Antonio und die Verwandten aus Kanada hatten ein unangenehmes Gefühl, auch wenn die Erwachsenen sagten, so ein Aberglaube, aus der Hand lesen, Lebenslinien, *che idiozia.*

Die Nonna ist vor zwei Monaten siebenundsiebzig geworden, auch wenn niemand darüber ein Wort verloren hat, und vor drei Wochen ist ihr jüngster Sohn ums Leben gekommen. Vielleicht hat die Zigeunerin auf der Lebenslinie der Nonna den Tod von Zio Antonio gesehen, und die Nonna bleibt noch zwanzig Jahre bei uns, je mehr ich darüber nachdenke, umso wahrscheinlicher scheint mir das, bis mir dann einfällt, was Mama gesagt hat, oft folgt jemand einem geliebten Menschen schon nach wenigen Wochen.

Nur einmal war die Nonna in Kanada, sie fuhr mit Papa und Zio Antonio dorthin, der Nonno wollte nicht über den Ozean, Amerika war für ihn gestorben, ein für allemal. Wenn die Söhne nach Venzone kamen und sagten, Vater, komm mit, das Land ist schön, heute ist alles anders, dann brummte er nur, ja ja, schon gut, aber ich bleibe hier. Wenn sie Fotos schickten von ihren Häusern und Autos, von Hochzeiten und Taufen, dann betrachtete der Nonno sie mit zusammengekniffenen Augen, als traute er den Abbildungen nicht, nur die Fotos von Nonnas Reise schienen ihm echt, die Nonna mit Kleiderschürze beim Kochen, die Nonna im Garten vor einem großen Buffet, das war ihm vertraut. Auf anderen Fotos sah man sie mit ihren Söhnen, mit den Schwiegertöchtern und Enkeln, mit Nichten und Neffen, nur eins gab es von einem Ausflug, die Nonna vor den Niagarafällen, im Feiertagskostüm, aber wenn sie von Kanada erzählen sollte, sprach sie zuerst von den Elektroherden, die für sie ganz ungewohnt waren, und vom schweren Elektrogeschirr, sie kochte und backte in drei Haushalten, von Toronto selbst wusste sie kaum etwas zu sagen, viele Hochhäuser seien dort und sehr viele Autos.

Total abgemagert ist er zurückgekommen, erzählte der Nonno von seinem Vater, nach sieben Monaten, mit mehr Schulden als davor, angeworben hatte man ihn wie viele andere auch, mit großen Versprechen, aber verdient hätten nur die Agenten, diese Betrüger. Die kanadische Eisenbahngesellschaft hatte Probleme mit Streiks, immer neue Italiener sollten kommen, um die ausgefallenen Arbeiter zu ersetzen, als Streikbrecher mussten sie dienen, die armen Kerle, oft wurden sie dafür geschlagen, bestraft von den eigenen Landsleuten, sagte der Nonno, und er kannte auch welche, die im Bergbau gearbeitet hatten und an einer Staublunge gestorben waren, sie sind in der

Fremde geblieben, sagte er, die Heimkehr im Sarg war zu teuer.

Die Brüder der Nonna aber hatten Glück gehabt, sie gingen in die Vereinigten Staaten und von dort später nach Kanada, als Terrazzo- und Mosaikleger gründeten sie bald eine eigene Firma. Von den fünf Söhnen der Nonna haben drei auch dieses Handwerk gelernt, in der Schule von Spilimbergo, sie gingen nach Kanada und ihre Onkel bürgten für sie, eine Auswanderung ohne Risiko, auch Wohnungen hatten die Brüder der Nonna schon für sie beschafft. Alle drei heirateten Töchter ausgewanderter Italiener, sie ließen sich im Bezirk *Little Italy* nieder und kauften am Friedhof von Venzone eine Familiengruft, nach dem Tod sollten alle Pascolis wieder zusammen sein.

Aus Toronto brachte die Nonna einen Spar-Elch mit, wenn der voll ist, fahre ich mit dir nach Kanada, sagte sie und stopfte Lire-Scheine hinein, sobald ich eine Münze hineinwarf, meinte sie, nein, keine Münzen, die liegen dem Elch zu schwer im Bauch. Damit er schneller voll und satt würde, schnitt ich einmal Papier in Form von Banknoten, Zahlen mit vielen Nullen schrieb ich darauf, aber die Nonna sah es und meinte, Falschgeld verdirbt ihm den Magen.

VIII.

„Meine Muttersprache“ ist Thema der Deutschschularbeit. Ich habe die Überschrift ein wenig verlängert, aus „Meine Muttersprache“ habe ich „Meine Großmuttersprache“ gemacht und beginne sofort mit einer Erklärung:

Mit meiner Muttersprache ist es nicht ganz einfach, weil sie nicht die Muttersprache meiner Mutter und in Wirklichkeit nur meine Vatersprache ist. Und die Schulsprache von meiner Mama. Darum will ich von meiner Großmuttersprache erzählen:

Meine Großmuttersprache ist Deutsch. Zuerst habe ich von dieser Sprache nur eine Luftform kennen gelernt, aus den gesprochenen Worten von Oma, die in Pontebba wohnt. Und zwar auf der Seite, die früher Pontafel hieß und deutsch war, damals, unter dem Kaiser. Später habe ich mich auch an die Papierform herangemacht, die man in Büchern und Zeitschriften findet. Wegen Mussolini hat meine Oma eine italienische Schule besuchen müssen, nur der Religionsunterricht in der Kirche war noch auf Deutsch, aber was in den Religionsbüchern stand, musste der Pfarrer den Kindern in der Luftsprache erklären.

Mit fünfzig hat meine Oma ein Jahr lang einen Deutschkurs besucht, damit sie lesen und schreiben lernt und auch mit der Papierform ihrer Muttersprache etwas anfangen und mir etwas vorlesen kann.

Seit dem Deutschkurs schreibt sie deutsche Wörter auf deutsche Art und nicht mehr auf italienische, wie davor auf einer alten Postkarte in Luftsprache an die Verwandten in Villach: Mia ghemma scifoan. I hob naie sci.

Ein Freund hat gesagt, dass im Kanaltal Millionen von deutschen Wörtern im Fluss gelandet sind, in der Mussolini-Zeit, bei der Italianisierung der Gegend. Die Strömung der Fella hat sie weitergespült bis zur Mündung in den Tagliamento, und dann trug sie der Tagliamento quer durch Friaul bis hinunter zum Meer. Kein Wunder also, dass es den Österreichern und Deutschen so gut gefällt in Lignano und in Bibione.

Die Luftform meiner Großmuttersprache klingt viel melodischer, beinahe so melodisch wie die Lieder auf der Schallplatte vom Grenzlandchor Arnoldstein.

Deutsche Wörter sind meist von Mitlauten umzäunt. Wie es dazu gekommen ist, würde ich gerne wissen, denn die italienischen Wörter sind fast immer offen, zumindest auf einer Seite.

Was mir an meiner Großmuttersprache besonders gefällt, das sind die zusammengesetzten Wörter. Manche davon klingen wie eine zischende Dampflok, zum Beispiel Schmuckstück, Schrift-

sprache, Steinschleuder, Schulschwänzer. Und schattenscheckig. Ich mag diese Wörter sehr, vielleicht weil mein Vater Lokführer ist.

Etwas Komisches habe ich hier in Kärnten kennen gelernt: Bewohner, die Deutsch sprechen, möchten nicht Deutsche genannt werden. Im Kanaltal aber waren die deutsch sprechenden Leute immer die „Tedeschi". Deutsche sind in Kärnten nur die Sommergäste, die von Deutschland kommen, zum Schifahren im Winter und zum Baden im Sommer. Die mögen viele hier nicht. Vielleicht hat das auch irgendwas mit dem Hitler zu tun.

Bei Hitler fällt mir noch etwas ein: Ich wollte meinem italienischen Großvater einmal beibringen, wie man Hitler auf Deutsch richtig ausspricht, denn er hat den Hitler immer Itler genannt. Du musst in das Wort hineinblasen, habe ich zuerst gesagt. Das hat nicht geholfen. Du musst den Namen husten, war meine zweite Idee. Seither hat mein Nonno einfach nur mehr einen Huster gemacht bei diesem Namen.

Bleib nachher noch da, sagt die Deutschlehrerin ein paar Tage später, sie ist in der letzten Stunde in unserer Klasse. Ich werde unruhig, warum schimpft sie nicht wie sonst vor der Klasse mit mir. Sie wird mich zu Staub machen, denke ich, sie wird meinen Aufsatz eine Provokation nennen oder eine Themenverfehlung, aber rote Flecken sehe ich heute keine an ihrem Hals.

Es dauert, bis alle weg sind, Karin kommt noch einmal zurück, sie hat etwas vergessen unter der Bank, sagt sie. Ich bin sicher, sie war nur neugierig, was da jetzt passiert.

Die Lehrerin hat einen Sessel aus der vorderen Reihe genommen und sich mir gegenüber an den Tisch gesetzt. Aus ihrer Tasche zieht sie das Schularbeitsheft, sehr gut, sagt sie und blättert bis zum Aufsatz über meine Großmuttersprache, sie schiebt das Heft vor mich hin und blättert noch einmal um, unter die letzte Zeile hat sie einen Einser gesetzt. Fast keine Fehler, nur Kleinigkeiten, sagt sie, und auf einen Schlusssatz hast du vergessen.

Ich darf das Heft schon mit nach Hause nehmen. Morgen soll ich vorlesen. Draußen, bei der Tafel. Aber den letzten Absatz lass lieber weg, sagt die Lehrerin, der ist irgendwie zu politisch.

Ich gehe verwirrt nach Hause. Ich hatte mit vielen durchgestrichenen Sätzen gerechnet, zumindest mit Wellenlinien unter einzelnen Wörtern.

Vom frühen Morgen an Niesen, Schnäuzen, Niesen, du hast Fieber, sagt die Tante, aber das Thermometer zeigt nur erhöhte Temperatur, also doch in die Schule. Mein zweites Jahr mit Heuschnupfen im Frühling, ich rotze in die großen Stofftaschentücher von Onkel Hans, in die riesigen Karos zwischen weißen, blauen und braunen Streifen, die Damentüchlein der Tante sind viel zu klein. Mit einem Plastiksack feuchter Stoffbälle komme ich von der Schule nach Hause zurück, die Haut unter der Nase ist rot, die Augen jucken, aber das Gefühl im Kopf gefällt mir, es ist wie nach ein paar Löffeln Weinchadeau oder einem großen Schluck Ribiselwein. In Pontebba habe ich beides heimlich gekostet.

Nachts schlafe ich fast im Sitzen, mit Pölstern im Rücken, Atmen kann ich nur mit offenem Mund, manchmal gebe ich zwei Finger zwischen die Zähne, damit ich einschlafen kann.

Ein Bällchen aus Aluminiumfolie liegt nachts bei mir im Bett, tagsüber steckt es im Hosensack, schon auf der Zugfahrt von Linz nach Villach kam das schlechte Gewissen. Ich habe das Silberpapier einer Schokoladentafel zusammengeknüllt und zur Tante gesagt, das ist die Medizin vom Naturheiler aus Linz. Dieses Bällchen muss ich ab jetzt immer im Hosensack tragen. Eine Woche links, eine Woche rechts. Und deshalb brauche ich jetzt noch zwei weitere Jeans.

Einmal fragt der Onkel, was LÜ heißt auf dem Stundenplan an meiner Tür. Leibesübungen, sage ich, Turnen. Ich habe gedacht, LÜ heißt Lügen, sagt der Onkel. Meine Ohren werden heiß.

Nächste Woche ist Jahrestag, schreibt Mama. Im Kuvert wieder ein Foto, von einer Dachgleichenfeier bei Freunden. So weit sind die schon. Vor dem Rohbau sitzen dreizehn Leute und essen. Am Dach ein zerrupfter Baum.

Wenn ich allein bin, kommen die Bilder zurück. Ich kann sie nicht löschen.

Hubschrauber, Kräne, Schaufeln im Schutt. Lastwägen, Schubraupen, Motorsägen, Feuerwehrleitern.

Tafeln mit der Aufschrift *Divieto di Accesso* und *Pericolissimo*. Bei manchen Häusern fehlen die Außenmauern. Puppenhäuser, in denen man Sofas sehen kann, Betten, Kästen und Elektrogeräte.

Irgendwo zwischen den Trümmern sitzt eine Puppe auf einem Stuhl.

Die Reihe der Särge mit Zetteln drauf.

Unsere berühmten Mumien im Baptisterium, ein zweites Mal begraben.

Zeltreihen. Zeltstraßen.

Riesenzelte. Familienzelte. Militärzelte. Campingzelte.

Das Apothekenzelt. Das Arztzelt. Das Küchenzelt. Das Rot-Kreuz-Zelt.

Messfeiern im Freien.

Und es kommen auch Bilder mit Stimmen und kleine Filme.

Zuerst die Fabriken, dann die Häuser, erst zum Schluss die Kirchen, sagt der Pfarrer, dafür bekommt er Lob sogar von den Männern, mit denen der Nonno auf der Piazza gesessen ist, den alten Kommunisten aus unserem Ort, aber einer von ihnen sagt: Kirchen brauchen wir keine mehr.

Der Gesang der Kanarienvögel, als wäre nichts passiert, im Zeltlager hängen Käfige auf Pfählen und Ästen.

Ein Reporter mit Mikrophon geht durch die Reihen der Zelte. Es ist heiß. Dreißig Grad im Schatten. Gebt uns Zement, sagen die Männer ins Mikrophon, Steine haben wir. Die Männer tragen nur Unterleibchen zu ihren langen Hosen. Zwei Nachbarn kommen mit Plastiksäcken, Sachen aus den kaputten Häusern sind drin, beim Aufräumen sind sie darauf gestoßen. Interesse und Staunen von allen Seiten, als hätten sie alles erst gerade gekauft.

Verteilung von Hilfspäckchen, darin Zahnbürste, Zahnpasta, Seife und Kamm.

Neue Wörter und Namen: Epizentrum, Mercalli. Richter. Das Epizentrum unter unserem Hausberg San Simeone.

Fünf Tage nach dem Beben beginnt es zu regnen. Die Erde in unserer Zeltstadt wird weich, bald ist alles voll Schlamm. Die Venzonassa ein Sturzbach. Der Tagliamento ein reißender Fluss.

Im Traum liege ich verschüttet in einem Hohlraum, es regnet, das Wasser steigt. Ich lege den

Kopf in den Nacken, so bleibt die Nase noch frei. Das Wasser aber steigt immer höher. Ich ringe nach Luft.

Erst Tage später erinnere ich mich wieder an die Stunden vor dem Beben: Der Orcolat hatte seine wuchtigen Füße schon auf den Monte San Simeone gesetzt, sein Geruch muss schon da gewesen sein, die Hunde hatten ihn sicher bemerkt, bevor es losging, ihr lautes Gebell, die Hunde hatten ihn schon gerochen, sein Schweiß war durchs Tal geströmt.

Die Nonna stellt in der Früh eine Kaffeetasse zu viel auf den Tisch, für Zio Antonio. Auch mittags und abends deckt sie für ihn.

Als könnte man den sechsten Mai in meinem Gesicht lesen, beginnen auch andere sich zu erinnern.

Kärnten als historisches und politisches Problem, hieß die laufende Sendung im Radio an diesem Abend, sagt Hannes ein paar Tage vor dem gefürchteten Datum. Ich habe sie aufgenommen auf eine Kassette, weil im ersten Fernsehprogramm etwas war, das ich auch sehen wollte. Als es dann gewackelt hat um neun, sind wir alle hinuntergelaufen.

Ich war gerade im Kongresshaus bei einer Operettenvorstellung, erzählt die Tante, *Der Graf von Luxemburg* wurde gespielt, mitten im Stück sind alle ins Freie gestürmt.

Tante Rosa hat meine Unruhe bemerkt, sie schaut oft in mein Zimmer, bringt was, fragt was, will wissen, wie es mir geht. Am Sonntag vor dem Datum wird Bärlauch gesammelt, ein Ausflug mit Mitgliedern des VNL, *Verein natürlichen Lebens*, ich komme freiwillig mit, mit festen Schuhen, Rucksack, Regenschutz. Vom Treffpunkt beim Gasthof Bacher in Vassach führt uns der Naturheiler zu geheimen Plätzen im Eichholzgraben, es geht auf einer Forststraße durch den Wald, dann einen Bach entlang, der Naturheiler zeigt uns giftige Pflanzen mit ähnlichen Blättern, Maiglöckchen und Herbstzeitlose, nicht verwechseln, sagt er, sonst wacht ihr tot auf in der Früh. Alle lachen, nur ich schaue grantig.

Zur Sicherheit halte ich jedes Blatt an die Nase, erst dann kommt es in die Tupperware-Dose, für die Bärlauch-Suppe am Abend. Genug gesammelt, ich setze mich auf einen Baumstumpf und höre zwei Frauen zu, die gebückt Blatt für Blatt abzupfen und sich dabei unterhalten. Viel verstehe ich nicht, wahrscheinlich sprechen sie absichtlich leise.

Ganz anders ist es hier als zu Hause im Auwald am Tagliamento. Ich beuge mich ein wenig vor und pflücke Sauerkleeblätter zum Kauen, die weißen Blüten mit den violetten Adern rühre ich nicht an. Da wäre ich am liebsten im Erdboden versunken, sagt jetzt eine der beiden Frauen ganz laut, sie hat sich aufgerichtet für diesen Satz, der mich Furchtbares vermuten lässt, doch ich möchte niemals im Erdboden versinken. Die Erde ist mir unheimlich, sie ist kein sicherer Ort. Wenn sie sich bewegt, fürchten sich alle vor ihr. In Raibl/Cave del Predil hat Mutter Erde das Krankenhaus verschluckt. Oma hat mich einmal zu der Stelle geführt, am Fuße des Monte Re, wo 1910 das Gebäude samt Arzt und Krankenschwester und einigen anderen verschwunden ist. Nur ein Lehrling konnte sich retten, er ist aus dem Fenster gesprungen, in letzter Sekunde. Wo davor noch das Krankenhaus stand, war dann nur mehr ein Krater zu sehen.

Viel lieber würde ich im Himmel versinken. Die Schwerkraft aber wird es nicht zulassen, denke ich mir, und auf einmal bin ich wieder in Venzone, die Nonna ist mit ihren kleinen Werkzeugen gebückt an der Arbeit, mit Schaufel, Hacke und Rechen, und ich balanciere auf den Einfassungen der Gräber herum.

Ganze Vormittage verbrachte ich mit der Nonna auf dem Friedhof, sie betreute auch fremde Gräber für Leute, die weggezogen waren oder keine Zeit dafür hatten. Beim Wasserholen und Gießen durfte ich helfen mit meiner Kanne, komm, bring auch den Engelchen was, sagte die Nonna, bis ich es ohne Aufforderung tat, und ich weiß nicht, meinte die Nonna damit die toten Kinder oder die winzigen Statuen, die auf den kleinen Gräbern standen, als Wächter oder als Babysitter, in zwei Reihen waren die Kinder auf einem Stück Wiese begraben, erst später verstand ich, dass *N.* und *M.* auf den Grabsteinen *geboren* und *gestorben* meint, manchmal finden sich diese Buchstaben nebeneinander vor einem einzigen Datum.

Bevor wir aufbrechen, um zurückzuwandern, stellen sich alle zusammen. Was jetzt kommt, weiß ich von Tante Rosa. Bei jedem Treffen wird die Vereinshymne gesungen. Die Tante hat sie mir beigebracht, ich kann mitsingen.

Der VNL hat das Bestreben,
dass Leute g'sund und glücklich leben.
Der Herrgott hilft uns dabei weiter,
denn er ist unser all' Begleiter.

Bei „all" springen die Stimmen hinauf. Der hohe Ton klingt sehr lustig. Ich muss an Krähen denken und lache zum ersten Mal an diesem Sonntag.

Heute ist der sechste Mai. Niemand weiß, dass ich Wörter löschen kann, wenn ich sie rückwärts lese oder nur denke, sie verschwinden wie durch einen Stift, den sie hier *Tintentod* nennen. Böse Schlagzeilen in der Zeitung entferne ich auf der Stelle. Ich habe das seit Tagen geübt und heute ist es ganz wichtig. Weg mit all dem, rückwärts lesen und löschen.

In der Schule war ich abgelenkt, aber jetzt, gegen Abend, kommt mir vor, als hätte ich Papierschlangen im Körper, überall sind Schlagzeilen drauf vom Erdbeben vor genau einem Jahr, ich komme nicht mehr nach mit dem Löschen. Ich bin eine Puppe aus Glas, mit Papierstreifen im Magen, in den Gedärmen, in Adern und Gehirn, ich schlage mit dem Kopf gegen die Wand, aber nichts zersplittert. Meine Glashaut ist elastisch, ich kann sogar laufen, geht's dir nicht gut, fragt Tante Rosa, der ich im Vorraum begegne, doch, sagt die Puppe, ich gehe nur schnell einmal hinaus an die Luft. Die Stiegen hinunter, hinüber zum Nachbarhaus, ich läute, ja, Hannes ist da, und er erkennt mich sogar, in seinem Zimmer werde ich wieder ein Mensch, Hannes nimmt mich in die Arme, schnell ist die Glashaut weg und die Papierschlangen kriechen aus mir hinaus.

Am Abend spielen wir DKT, Hannes, Tante Rosa und ich, wir sitzen im Wohnzimmer bei Blätterteigtascherl und Eierlikör, der Onkel ist heute Abend nicht da. Um zehn Uhr habe ich gewonnen, bin müde und entspannt, viele Häuser und Hotels sind in meinem Besitz, die nehme ich alle mit in mein Zimmer und lege sie unter den Polster zu meinem Nachthemd. Das brauche ich heute nicht, ich ziehe mir den Kimono an. Ganz gerade lege ich mich aufs Bett. Bruce Lee fällt mir ein, an den habe ich seit der Kirschbaumblüte nicht mehr gedacht. Und während ich ihm zuschaue, wie er mit den Oberarmen durch die Luft schnellt, sehe ich in seinem Gesicht auf einmal die Züge von Hannes. Mir ist schwindlig, der Schlaf trägt mich fort.

Am Sonntag fahre ich zum ersten Mal allein mit dem Zug nach Pontebba. Voriges Jahr haben wir auf die *festa della mamma* vergessen, heuer müssen wir doppelt feiern, Papas Worte am Telefon. Und eine Überraschung wartet auf dich!

Die Nonna ist gestern nach Pontebba gezogen, das weiß ich ja schon, das kann es nicht sein. Dass die Tanten aus Wien da sind und meine Kusinen, ist für mich auch keine Neuigkeit. In Omas Haus wimmelt es von Verwandten, in der Küche und in der Stube, alle haben so viel zu erzählen.

Oma hat für mich ein Sträußchen gebunden, das ich Mama zum Muttertag schenken kann. Narzissen, Himmelsschlüssel und Vergissmeinnicht, mit einer roten Schleife herum.

Die Tanten fragen mich, wie es mir gehe in Villach. Ich erzähle vom Stammbaum und meiner Klebeaktion, weil ich weiß, dass den Tanten so etwas gefällt, und auch Mama lobt meine Tat: Vera, du hast damit den Stammbaum veredelt. Die Wiener Tanten wollen aber auch wissen, wie es dem Naturheiler gehe und Tante Rosa, und irgendetwas Komisches klingt mit bei dieser Frage.

Die Überraschung ist ein Baby in Mamas Bauch. Papa sagt es uns allen vor dem Anstoßen am Mittagstisch, oder besser gesagt, er *verkündet* es und klingt dabei wie ein Pfarrer.

Muss ich jetzt lächeln? Ich bin ja erschrocken und mir fällt gleich das Wort Schreihals ein, so nennen Tante und Onkel in Villach das Baby der Nachbarn. Ich will keinen Schreihals im Haus, denke ich mir, und ich will nie mehr Aufpasserin sein, es war so anstrengend mit Ella und Stefano. Zum Glück stürzen sich meine Tanten auf Mama, und Oma und Nonna sind total aus dem Häuschen.

IX.

Meine Verwandten lesen die Tageszeitung, antworte ich Hannes, aber er will wissen, welche Bücher es in den Regalen gibt, oder stehen da nur Pokale herum? Geschenkbändchen mit Sprüchen drin, japanische Weisheiten oder chinesische, da gibt es Bildbände über die Julischen Alpen und ein sehr dickes Buch, *Der tausendjährige Rosenstrauch,* deutsche Gedichte, sage ich, aha, Hannes verzieht das Gesicht, das passt zusammen, deine Verwandten haben ja auch für das Tausendjährige Reich optiert. Hannes muss ein Kommunist sein wie mein verstorbener Nonno, denke ich, der hat auch immer über meine Kanaltaler Verwandten die Nase gerümpft, die sich von *Itler* ins Deutsche Reich locken ließen. Der Onkel aber hat den Nonno einen Krawattenkommunisten genannt, seit er tot ist, habe ich dieses Wort nie mehr gehört. Jetzt erzähle ich Hannes davon. Der Nonno trug nie ein Arbeitsgewand, er trug immer ein weißes Hemd mit Sakko. Wenn er eine schmutzige Arbeit machte, krempelte er die Ärmel hoch. Der Onkel zieht sogar beim Fahrradaufpumpen einen blauen Kittel an.

Wer ist denn der Herausgeber von diesem Gedichteschinken?, möchte Hannes wissen, er hat sich nicht ablenken lassen, aber ich verstehe das Wort Herausgeber nicht, und diese Kombination aus *poesie* und *prosciutto* bringt mich zum Lachen, welcher Name steht außen drauf, fragt Hannes weiter, und ich sage: Felix Braun, in Goldbuchstaben. Braun, lacht Hannes, aber seine Stimme klingt irgendwie böse, Braun, das sagt doch alles, der Name passt ja bestens zum Kärntner Anzug, den dein Onkel gern trägt, und dann fragt er, weißt du denn, wer Eva Braun ist? Nein.

Am Abend, nach der *Zeit im Bild*, schiebt der Onkel den Fernseher zurück ins Fernseher-Kästchen, er sperrt es ab und steckt den Schlüssel in seine Tasche, aber die Tante sagt nichts, obwohl heute eine Folge der Onedin-Linie ausgestrahlt wird, auf die wir uns die ganze Woche schon freuen, gleich beim Vorspann bekomme ich Gänsehaut, von der Filmmusik, wenn der Bug des Schiffes ins Bild kommt und bald darauf die geblähten Segel, wenn Kapitän Onedin erscheint mit seinem Navigationsgerät, aber heute wird nichts mit Abenteuern auf See und an Land, der Onkel verlässt die Wohnung, sobald er draußen ist, zeige ich der Tür meine Zunge. Onkel Hans mag die Engländer nicht, er sagt, die haben sich Befreier genannt, doch in Wirklichkeit haben sie Kärnten besetzt.

Die Tante nimmt das dicke Buch vom Regal, den Gedichteschinken, wie so oft an Abenden wie heute, sie blättert darin, liest da und dort eine

Zeile und sagt den Rest auswendig her. Ich mag den Klang dieser Reime, viele davon kenne ich längst, denn bei Oma in Pontebba gibt es das gleiche Buch, und Oma hat nicht fürs Deutsche Reich optiert, die Logik von Hannes hat also ein Loch.

Ich überlege, ob ich zu den Nachbarn gehen soll, um den Onkel zu ärgern, um ihm zu zeigen, was für eine schwache Aktion das ist mit dem abgezogenen Schlüssel, und beim Frühstück erzähle ich ihm dann das Neueste von Kapitän Onedin, den er einen Kürbiskopf mit Koteletten nennt, aber ich bleibe, sonst gibt er die Schuld dafür wieder der Tante. Die ist jetzt gut gelaunt, wegen der Gedichte oder einfach weil der Onkel weg ist, Damenabend, sagt sie und holt den Schlüssel für die Vitrine mit den Schnäpsen aus dem Versteck. Ganz hinten drin, zwischen Campari und Obstler, steht eine Flasche mit Eierlikör, selbst gemacht, sagt die Tante und schenkt uns zwei Gläschen ein. Ich tauche nur die Zunge in das süße Getränk, ein wenig brennt es, aber es schmeckt mir, mit der Zungenmethode ist das Gläschen bald leer, die Tante schenkt mir gleich noch einmal ein.

Ich äffe den Onkel nach, das kommt vom Eierlikör, und die Tante lacht darüber, sie biegt ihren Oberkörper zurück und wirft den Kopf in den Nacken, die großen Brüste wackeln, sie lachen mit, haha, so habe ich die Tante noch nie gesehen, wir imitieren die englischen Ladys rund um James Onedin, und mitten in all diesem Übermut, wie Oma es nennen würde, frage ich, Tante, hast du den Namen Eva Braun schon einmal gehört?

Die war ein armes Ding, sagt die Tante, ist mit Hitler zusammen gestorben, Selbstmord, im Führerbunker. War sie schön, frage ich, so schön wie Clara Petacci?, ja, noch viel schöner, blond war sie, aber warum ist die Tante jetzt plötzlich so ruhig, warum auf einmal wieder die viel tiefere Stimme? Grauslich, diese Italiener, sagt sie, die haben Mussolini und seine Geliebte verkehrt herum aufgehängt, und jetzt steht die Tante auf, sie räumt die Eierlikörflasche wieder zurück, helles Klirren in der Vitrine, dann nimmt sie die Gläschen und geht damit in die Küche, abwaschen, abtrocknen, wegräumen, Spurenbeseitigung, auch von der guten Laune ist nichts mehr übrig geblieben; kurz noch stehe ich in der Tür, aber mir ist schwindlig, ich möchte nicht nachfragen, ich möchte nur mehr ins Bett.

Am nächsten Tag übergibt mir Hannes eine Rose, eingewickelt in Zeitungspapier, wo hast du die her?, frage ich, aus dem Park?, ja, sagt Hannes, der Knospenkopf hängt nach unten wie auch Hannes den Kopf hängen lässt, er möchte sich entschuldigen, sagt er, gestern habe er Blödsinn geredet, nein, Felix Braun sei sicher kein

Nazi, sondern ein Jude gewesen, und im *Tausendjährigen Rosenstrauch* gebe es auch Verse von jüdischen Dichtern, er habe sich beim Deutschlehrer erkundigt.

Aber erzähl das nicht deinen Verwandten, sagt Hannes, sonst heizen die das Buch am Ende noch ein.

Seit einiger Zeit nennt sich Hannes nur mehr Janez, und obwohl er für die Matura lernen muss, besucht er einen Slowenischkurs. Der Onkel ist wütend auf ihn, denn er sammelt Unterschriften für den Kärntner Heimatdienst, und Hannes wollte seinen Namen nicht auf die Liste setzen, auch seine Eltern, die im Nebenhaus wohnen, haben sich diesmal geweigert. Echte Kanaltaler seien das, Kinder von Optanten aus Saifnitz. Diesen Namen kenne ich schon von meiner Oma aus Pontebba, manchmal sagt sie Saifnitz, dann wieder Camporosso, aber beide Namen sind für Hannes gestorben, seine Vorfahren kommen aus Žabnice, so heißt der Ort auf Slowenisch. Ein Möchtegern-Slowene sei Hannes, sagt der Onkel, und sicher bekomme er Geld von unten. Unten, das meint Jugoslawien, erklärt mir der Onkel, die Jugos kaufen Südkärnten auf, Immobilien, Fabriken und Ackerland, und sobald ihnen alles gehört, werden sie Anspruch erheben auf unser Land.

Hannes kann mit den alten Verwandten in Saifnitz nicht sprechen, sage ich zum Onkel, die sprechen wirklich Slowenisch. Okay, Windische sind das, sagt der Onkel, die sprechen eben ein Mischmasch aus Deutsch und Slowenisch, so nah an der Grenze, aber echte Kärntner seien die alle, sie wollten nie Jugos sein.

Hannes erzählt mir, dass seine Großeltern schon 1940 weg wollten, auswandern ins Deutsche Reich, aber es fand sich lange kein gleichwertiger Hof, immer wieder seien sie über die Grenze gefahren zu einer Besichtigung, erst 1942 hatten sie Glück. Aber das Glück habe nur wenige Jahre gedauert, denn dieser Hof hatte davor Kärntner Slowenen gehört. 1945 klopften die an die Tür, Rückkehrer, 1942 deportiert und enteignet, das Recht war natürlich auf ihrer Seite. Zwei Monate durften meine Großeltern noch mit ihren drei Kindern auf dem Bauernhof bleiben, alle zusammen in einem Zimmer, sagt Hannes, dann bekamen sie eine Wohnung hier in der Kanaltaler Siedlung. Wohin hätten sie sonst gehen sollen?, ihr Hof in Žabnice hatte längst neue Besitzer. Eine viel zu kleine Entschädigung bekamen sie, aber erst viel später, zugleich mit der Inflation, und so haben sie fast alles verloren. Meine Eltern wollten sich anpassen, ihre Muttersprache haben sie eingefroren, vor mir jedenfalls, damit ich später keine Probleme bekomme. Slowenen mag man da nicht, und irgendwie haben die Eltern Recht gehabt mit ihren Sorgen, vor fünf Jahren ist alles hier eskaliert mit dem Ortstafelsturm.

Ortstafelsturm, dieses Wort habe ich schon einmal gehört, bei einem Keksdosentreffen in Pontebba, ich dachte damals an ein riesiges Unwetter und sah Ortstafeln am Straßenrand liegen wie entwurzelte Bäume, aber jetzt erklärt mir Hannes, was wirklich passiert ist. Und dass der frühere Landeshauptmann von Kärnten weg musste wegen der Ortstafeln, Hans Sima, ein Verwandter von Hannes, in Saifnitz geboren in einer deutsch-slowenischen Familie, aber schon früh ausgewandert nach Kärnten, lange vor der Option, seine Eltern wollten der Italianisierung entkommen. Und da sei dann wirklich was durch die Luft geflogen in diesem Streit um die Tafeln, nämlich Paradeiser und Eier, die hätten die Ortstafelgegner dem Landeshauptmann und dem Bundeskanzler an den Kopf geworfen in Klagenfurt, auch daran erinnere ich mich, Onkel Hans hat das einmal bei der Keksverkostung erzählt. Mich hatte beeindruckt, dass jemand Eier und Paradeiser auf wichtige Männer wirft.

Hannes will mir immer alles erklären, wahrscheinlich weil sein Verwandter so ein wichtiger Mann war in Kärnten, aber manchmal tue ich nur, als würde ich zuhören, manchmal wird es mir einfach zu viel.

Ob ich ihn zum Forstsee begleiten möchte mit seiner Ente, fragt mich Hannes, ich verstehe nicht, was er meint. Hannes lacht, Ente ist ein anderer Name für die Affenschaukel, für den Citroën 2CV. Der Forstsee liegt 140 Meter über Velden am Wörthersee, sagt Hannes, da tummeln sich die Nudisten und pinkeln ins Wasser, und das Urinwasser der Hippies fließt hinunter nach Velden zu den Kapitalisten in den teuren Hotels. Mich graust der Gedanke an Urin im Mund, ein Tipp des Naturheilers gegen den Heuschnupfen, misch jeden Tag einen Esslöffel Urin mit Apfelsaft und trink das auf nüchternen Magen, einen Schluck habe ich gemacht und nie wieder, warum muss mir Hannes jetzt so etwas erzählen. Aber dann denke ich an meinen verstorbenen Nonno, dem hätte das sicher gefallen. Nonno, der sich Hammer und Sichel gewünscht hatte am Grabstein, aber dann ein Kreuz bekam neben dem Namen – voriges Jahr habe ich ihm den Wunsch erfüllt, am ersten Mai, die Umrisse hatte ich mit Butterbrotpapier auf einen Karton gepaust, Hammer und Sichel dann mit rotem Filzstift bemalt und den Karton mit Pflaster auf den Grabstein geklebt, am 30. April, abends, als es schon dunkel war, das erzähle ich jetzt Hannes. Eine Nachbarin, die am Tag der *festa del lavoro* schon frühmorgens unterwegs war zum Grab ihres Mannes, meldete die *Schändung des Grabsteins* umgehend der Nonna, und alle liefen zum Grab, die Nonna und ihre Nachbarn, Mama und Papa, und ich ging auch mit, damit kein Verdacht aufkäme, Oma begann zu lachen, als sie Hammer und Sichel sah, keine Spur einer Schändung, sagte sie, aber dennoch wollte sie die Symbole entfernen, inzwischen hatte die Nachbarin die Entehrung des Grabsteins schon dem Pfarrer gemeldet, sie selbst kam mit einer Flasche Weihwasser aus Lourdes wieder zum Friedhof geradelt.

X.

Ob ich die Kuverts öffnen soll. Die Briefe lesen.

Bei den Feldpostkarten muss ich nicht überlegen, die schauen irgendwie öffentlich aus.

Ich schlage die Bettdecke zurück, ordne auf dem Leintuch alle Briefe und Karten nach dem Datum des Stempels. Zuerst die von Opa in einer Reihe, darunter lege ich die Postkarten von diesem Enzo. Ich erschrecke bei jedem Geräusch. Wenn jemand die Stiege heraufkommt, decke ich alles schnell zu. Drei Mal schon haben sich heute Schritte genähert, aber die Tür zu meinem Zimmer hat niemand geöffnet.

So voll war Omas Haus lange nicht mehr, wenn ich da war. Onkel Hans schläft im Kastenbett in der Stube, wo mein Opa gelegen ist und gestorben. Tante Rosa wurde im Schlafzimmer einquartiert, sie liegt auf Opas Seite im Ehebett. Damit die Nonna das Gästezimmer für sich allein hat. Sie muss sich erst einleben bei mir in Pontebba, hat Oma gesagt, aber ich glaube, die Nonna hat sich schon eingelebt, tagsüber werkt sie im Garten, jätet und sät, zupft welke Blüten, immer findet sie etwas zu tun. Endlich wieder eine anständige Küche, sagt sie, meine beiden Großmütter bereiten zusammen die Mahlzeiten zu, zwei Kleiderschürzen bewegen sich vor der Abwasch und dem

Herd hin und her, nicht einmal zum Geschirrabtrocknen werde ich eingeteilt. Am Abend wird die Küche zur Schneiderwerkstatt, aus alten Kleidern und Stoffresten von Tante Rosa machen sie Neues, auch die Nonna ist interessiert, sie bekommt ein Ausgehkostüm. Am siebten Mai hat sie ihr Trauergewand abgelegt, nach fast zwei Jahren immer in Schwarz, zehn Monate vor Zio Antonio war der Nonno gestorben. Das Pulver einer halben Tablette sollte Oma heimlich der Nonna in den Kaffee hineinmischen, aber Oma sagt, bei mir braucht sie das jetzt nicht mehr.

Der Onkel arbeitet mit einem Helfer im Bad, die Dusche ist schon fast fertig, jetzt wird noch verfliest. Oma hat sich gefügt. Von mir aus könnt dann ihr duschen, sagt sie, ich wasche mich weiter auf meine Art. Mama und ihre Schwestern hatten gedroht, nicht mehr zu kommen, wenn Oma sich wehrt gegen die Dusche. Im Sommer gibt es immer einen Schlauch mit Duschkopf im Garten, im Winter nur das Waschbecken im Bad und mehrere Schüsseln. Mit dem WC war es ähnlich, der Streit um das Klohäuschen ging erst vor drei Jahren zu Ende. Seither ist das Loch weg. Zugenagelt. Die Sickergrube wurde ein letztes Mal geleert und das Holzhäuschen zu einem Schuppen für Gartengeräte. Schaufeln, Rechen, Scheren und Gießkannen sind drin, ganz oben gibt es eine Stellage für Blumentöpfe; wenn ich in Ruhe nachdenken möchte, setze ich mich auf das zugenagelte Loch. Erst eine Lungenentzündung hat Oma zum Nachgeben gebracht und zur Benützung der *Gästetoilette* in ihrem Haus, sie wollte von ihrer Gewohnheit nicht ablassen, auch wenn sie krank war und Fieber hatte, ist sie bei Kälte immer hinausgegangen, bei Schneefall musste Oma den Weg vorher noch freischaufeln.

Ich sitze im alten Klohäuschen. Durch das Fensterloch kommt genug Licht herein, dass ich den Weberknecht sehen kann an der Holzwand mir gegenüber, ich glaube, er schläft. Das Wort *Briefgeheimnis* dreht sich vor mir im Kreis. Wie lange es Geltung hat. Ich fürchte mich vor dem Öffnen der Briefe, es ist mir unheimlich, ein Gefühl ist da wie früher beim Gang aufs Klohäuschen hier heraus, wenn es Nacht war und dunkel.

Von diesem Enzo gibt es nur Ansichtskarten aus italienischen Städten und Feldpostkarten mit aufgedruckten Sprüchen von Mussolini. In einem unbeschrifteten Kuvert aber habe ich eine Zeitungsmeldung gefunden mit einem Porträt: darunter steht *Enzo d'Amato, gefallen am Don*. Im Kuvert auch zwei Fotos, auf denen ich Enzo erkannt habe, mitten unter Soldaten, die lachen, und in einer Gruppe mit Schiern im Schnee, alle tragen weiße Umhänge, komisch sieht das aus.

Den Don kenne ich aus den Erzählungen von Onkel Hans und ich weiß auch, dass die Don

Kosaken von dort kommen. Ob Omas Verehrer in Russland begraben liegt, in *fremder Erde*?

Wie gut du es hast, an diesen Spruch von Oma erinnere ich mich jetzt, immer wieder hat sie das zu Frau Domenig gesagt, bei unseren Besuchen am Österreichisch-Ungarischen Soldatenfriedhof, mehrmals bin ich mitgefahren nach Fogliano, zu Allerseelen, Frau Domenig hat dort das Grab ihres Vaters besucht, eine Metallplatte mit seinem Namen drauf. Darunter das Sterbedatum, ein Kreuz davor.

Wie gut du es hast.

Drei Massengräber gibt es in Fogliano, je eins rechts und links an der Mauer und eins ganz vorne am Ende der Zypressenallee. Zwölftausend Gefallene, die keinen Namen haben und kein Metallschild.

Das brüderliche Mitleid Italiens hat die Toten hier versammelt, steht auf einer Tafel geschrieben. Was ist mit den Gefallenen in Russland passiert? Ich bin sicher, Oma wäre auch zum Grab dieses Enzo gegangen. Gibt es irgendwo in Italien eine Tafel oder ein Denkmal mit seinem Namen? Buchstaben in Gold, für die Helden des Zweiten Weltkriegs, für die Gefallenen und die Vermissten. Omas Blick, Omas Stimme, wenn sie diesen Satz wiederholte: Wie gut du es hast.

Voriges Jahr waren wir mit der Schule in Redipuglia, ganz in der Nähe des Österreichisch-

Ungarischen Friedhofs von Fogliano, über hunderttausend italienische Soldaten aus dem *Großen Krieg* sind dort begraben, Mussolini hat den *Helden des Vaterlands* dieses Denkmal in Redipuglia gebaut. Gestorben sind sie für König Emmanuel und die Heimat, sagt der Lehrer. Jeder in meiner Klasse hat einen nahen Verwandten da drin, nur ich nicht. Dass ich schon oft hier in der Gegend war, zirka einen Kilometer nördlich, auf dem Friedhof der Feinde, die erst als Tote wieder Brüder geworden sind, das wollte ich nicht erzählen.

Ein heißer Tag war es. Wir saßen lange auf einer Steintreppe gegenüber dem mächtigen Denkmal, im Schatten einer Zeder, niemand wollte in die pralle Sonne, die Luft über den Stufen hinauf auf den Monte Sei Busi war verschwommen, Gebeine von über Hunderttausend Soldaten, *presente! presente! presente! / hier! hier! hier!*, schreien Buchstaben aus Stein, der Appellplatz darunter ist leer.

Am Sonntag beim Frühstück ist Omas Kopf voller Rouladen. Von Samstag auf Sonntag schläft sie mit weichen Wicklern. In der Früh zieht sie die Spieße heraus und rollt die Lockenwickler vorsichtig unter den Haarsträhnen durch. Bei den Spitzen angelangt, springen die Haare sofort wieder in die Form der Roulade. Auskämmen, toupieren und Spray kommen erst später, nach dem Frühstück, damit nur der Kaffee den Geruch in der Küche bestimmt.

Oma, Nonna und Tante Rosa wollen zur Messe. Der Onkel sagt, er habe keine Zeit für den italienischen Pfarrer, er will in den Wald hinauf, wie immer, da gibt es Reste zu sehen von den Stellungen des Ersten Weltkriegs. Welche Ausrede könnte ich erfinden, damit ich Ruhe habe für die Briefe und Karten in meinem Zimmer? Bauchweh! Oma hat immer heißes Wasser im Sparherd, sie nimmt eine Wärmflasche aus der Kredenz und füllt das Wasser mit dem Schöpflöffel ein, bevor sie ein frisches Geschirrtuch herumwickelt, da, nimm das für deinen Bauch.

In meinem Zimmer stehe ich am Fenster, bis die drei Köpfe verschwinden, dann lege ich die geordneten Poststücke wieder der Reihe nach auf.

Die letzte Feldpostkarte von Enzo kam im Dezember 1942, rechts davon nur mehr das Kuvert mit der Todesmeldung und den zwei Fotos. Von Opa gibt es nur eine einzige Feldpostkarte, die Granate hat ihn ja schon in der ersten Woche erwischt. Wo die Karten enden von Enzo d'Amato, sind in Opas Reihe noch einige Briefe. Ich öffne den ersten vom dritten Jänner 1943. *Sehr verehrtes Fräulein Gitschthaler, gestern habe ich mein Holzbein bekommen. Der Stumpf ist gut verheilt. Darf ich Sie ins Gasthaus einladen zum Essen, wenn ich mich gewöhnt habe ans Gehen?*

Wer Oma geholfen hat bei den Briefen, frage ich mich, damals konnte sie auf Deutsch doch weder lesen noch schreiben. Opa ist acht Jahre älter als Oma, er hat in Malborghetto die deutsche Schule besucht. Danach hat er Tischler gelernt, das war sein Glück, denn später war er Holzarbeiter in den Bergen, bis der Krieg ihn gerufen und sein Bein genommen hat, das rechte, einen Holzarbeiter mit Holzbein konnte niemand mehr brauchen. Im leeren Stall des Nebengebäudes hier in Pontebba war genug Platz für eine Werkstatt. Mit seiner Kriegsverletzung ist Opa gerne zurückgekehrt zu Hobel und Säge, so hat er es immer erzählt, aber viel lieber hat er geschnitzt. Kruzifixe, Madonnen, Krippenfiguren, Blumen auf Kastentüren und Betten, im Schlafzimmer sind es Edelweiß, in Mamas altem Zimmer Rosen, mir gefällt das, aber Mama bekommt auf der Stirn Falten, wenn sie Holzschnitzereien auf Möbeln sieht, deshalb ist bei uns alles glatt und modern, aus einer Fabrik ganz in der Nähe von Udine.

Oma hat einmal gesagt, sie hätte Opa geheiratet, weil er ihr leid getan hat. Mir hat Opa auch leid getan mit seiner Prothese. Schon sein Vater ist mit einem Holzbein durchs Leben gegangen, das echte hat er im Ersten Weltkrieg verloren.

XI.

Der Onkel ist beim Abendessen nicht da, er ist noch hausieren, sagt die Tante, so nennt sie das, wenn der Onkel überall in der Siedlung anläutet mit seinen Listen, fünf hat er schon voll. Als der Onkel dann kommt, gibt er mir zwei Zettel, die sind für deine Lehrer, sagt er, gegen den Ausverkauf unserer Heimat an Jugoslawien, in Klagenfurt wollen die schon wieder was erwerben, ach Hans, lass sie doch in Ruhe damit, sagt die Tante, was hat Vera denn damit zu tun. Dass ich diese Listen nicht mitnehmen will in die Schule, hat die Tante sofort verstanden. Was Hannes nicht unterschreibt, kann nichts Gutes sein, denke ich mir, und der Onkel weiß sofort, woher der Wind weht, der Don Giovanni, sagt er, sei ein schlechter Umgang für mich, verbieten sollte er mir den Kontakt mit diesem Heimatverräter.

Mein Deckname für den Onkel ist Specht, so nenne ich ihn, aber nur Hannes und Tante Rosa gegenüber, weil Onkel Hans überall herumpeckt und weil er einen Wurm findet in allen Dingen.

Die Tante hat Schöllkraut gebracht, morgens und abends soll die bittere Milch auf meine Warze, einen Wollfaden hat sie schon vergraben im Garten, unter der Dachtraufe, einen roten Wollfaden mit einem Knoten. Wenn der vermodert ist, wird auch die Warze weg sein, hat der Naturheiler gesagt, wieder einmal war vom Onkel zu hören, die Tante fresse dem aus der Hand.

In der Nacht habe ich einen komischen Traum. Die Tante kniet vor dem Heiler, der hält ihr seine Hand vor den Mund wie eine Schüssel, darin sind Pinoli. Mit den Lippen greift die Tante nach diesen Samen, mit der Zunge, ich erinnere mich an einen Ausflug nach Badgastein, dort haben wir die Eichkätzchen damit gefüttert, ich sehe, wie die Tante zu kauen beginnt und denke an ihre Prothese, aber vielleicht sind ihr schon dritte Zähne gewachsen, und dann schaut sie auf zum Heiler, wie eine dieser Kirchenfiguren, den Blick nach oben, in Verzückung, hätte mein Opa gesagt.

Ich finde das witzig und erzähle den Traum Tante Rosa, während im Bad der Rasierapparat surrt, und dann ist da auf einmal ein heißes Gefühl auf meiner Wange, ich kann es nicht glauben, aber die Tante hat mich gewatscht, noch bevor ich fertig war mit der lustigen Szene. Dieses Gefühl hatte ich schon einmal auf dieser Wange, vor einigen Jahren. Mit Staunen war ich zu Oma in den Garten gelaufen, am Unterarm ein roter Fleck, ich hatte gesaugt an der Haut und wieder gesaugt und mich gewundert, wie sich die Farbe verändert. Rosa, rot, dunkelrot. Oma, schau! Lutschfleck hat das Oma genannt und sich danach entschuldigt, die Hand sei ihr ausgerutscht.

Beim Frühstück kein Wort mit der Tante, sie steht zuerst beim Herd, dann bei der Abwasch, heute setzt sie sich nicht zu mir, ich verstehe nicht, was jetzt los ist, aber fragen kann ich auch nicht, Jausendose und Thermosflasche sind vorbereitet wie immer, doch irgendetwas ist anders als sonst.

Ein Geschenk wartet in deinem Zimmer, sagt die Tante am Abend, als ich zurückkomme von einem Besuch. Ich öffne die Türe ganz langsam. Ein Nähkästchen steht auf dem Schreibtisch, außen ein Geflecht aus roten und weißen Plastikschnüren, innen ein rosa glänzender Stoff, Nähseiden sind da in allen Farben, Zwirnrollen in Schwarz und Weiß, eine Schachtel mit Stecknadeln. Flickwolle. Ein Stopfholz und ein Fingerhut. Je ein Set stumpfer und spitzer Nadeln. Ein Fadeneinfädler. Irgendetwas ist mir unheimlich, ich streiche über den kühlen, glatten Stoff der Innenauskleidung, er fühlt sich an wie der in Opas Sarg. Hat die Tante nicht einmal gesagt, Rot und Rosa passen gar nicht zusammen? Ich schließe das Nähkästchen, spiele Begeisterung vor, aber ich will doch nicht Schneiderin werden wie sie. Danke, Tante Rosa. Ich nehme an, das Nähkästchen ist die Entschuldigung für die Watsche.

Spätabends arbeite ich weiter an meiner Warze am Daumen, mit der Zirkelspitze habe ich in der Schule begonnen, jetzt setze ich mit einer der spitzen Nadeln fort. Es lösen sich Hautstückchen, die beiße ich ab.

XII.

Die Warze ist weg. Die Stelle am Daumen blutet nur wenig. Eine kleine Vertiefung ist da. Meine Arbeit mit der Zirkelspitze, mit den Zähnen und mit der Hautschere aus dem Maniküre-Täschchen von Tante Rosa. Schöllkrautsaft habe ich schon lange nicht mehr verwendet, obwohl jeden Tag frische Pflanzen da waren, die Tante hat sie von einer Wiese ganz in der Nähe geholt. Mit dem Kraut bin ich immer verschwunden, ins Bad. Damit es so aussieht, als würde ich die Warze behandeln. Zurückgekommen bin ich mit einem frischen Pflaster rund um den Daumen. Die abgebrochenen Stängel habe ich in die Kompostschüssel unter der Abwasch geworfen.

Eine Woche später ist alles verheilt, ich gehe mit nacktem Daumen in die Küche. Die Tante bemerkt es sofort. Sie klatscht in die Hände. Ich bin hocherfreut, sagt sie.

Am Abend höre ich durch die Tür, wie die Tante von meiner Warze erzählt. Das können wir dir verdanken, sagt sie, deinem Rat. In der Wohnung ist niemand außer uns beiden, also redet sie in den Hörer hinein. Am anderen Ende der Leitung muss der Naturheiler sitzen, denke ich mir, aber bis jetzt waren die beiden immer per Sie.

Aus meinem vorgetäuschten Bauchweh ist zu Pfingsten ein echtes geworden. Oma sagt, der Heilige Geist hat dir die Regel zurückgebracht, meine Gebete wurden erhört. Für die Tante war es der Naturheiler aus Linz. Das zerknüllte Alupapier habe ich vor dem Wegwerfen auseinander gezogen. Innen drin war noch immer Schokoladengeruch.

Vielleicht habe ich mir die Regel einfach herbeigelogen.

Ich werde nicht fragen.

Ich werde nur sagen, dass ich es weiß. Dann muss die Tante nicht lügen.

Ein Beben in meinem Schädel, Stärke elf bis zwölf auf der Mercalli-Skala. Alles ist durcheinandergeraten in den Hirnkammern, mit großem Getöse. Nachdem ein Gedankenblitz drei Dinge verbunden hat, die davor schon in meinem Kopf waren, aber jedes extra für sich: Mamas Geburtsdatum am dreißigsten April 43, der Zeitungsartikel mit der Todesmeldung von Enzo d'Amato vom Dezember 1942 und Opas Brief vom dritten Jänner 1943, in dem er den Vorschlag macht für ein Treffen mit Oma, die er da noch *verehrtes Fräulein* nennt.

Mit dem Briefbeschwerer vom Schreibtisch des Onkels habe ich gegen den Stammbaum gehämmert, gegen den Ast der Gitschthaler und Fillafer.

Sprünge. Scherben. Blut.

Ich bin noch immer im Bad, lasse kaltes Wasser über die Hand rinnen. Mir fällt ein, was ich aufgeschnappt habe: Opa hätte Oma im Sommer 1942 auf der Alm besucht, als sie noch nicht verheiratet waren. Aber zumindest verlobt. *Auf da Alm, da gibt's ka Sünd*, mehrmals habe ich diesen Spruch vom Onkel gehört, wenn von Mamas Zeugung die Rede war. Und dass Mama eine dunklere Hautfarbe habe als ihre Schwestern, weil Oma und Opa damals so braun waren, gebräunt von der Sonne.

Jemand sperrt die Wohnungstür auf und von innen gleich wieder ab. Tante Rosa ruft meinen Namen. Ich antworte nicht. Das starke Bluten hat schon nachgelassen, nur kleine rötliche Fäden sehe ich noch in den Ablauf rinnen. Das Gesicht der Tante im Türspalt. Der rote Kopf. Brennen auf meiner Handfläche, die Tante tupft die Wunde mit Arnika ab. Dann kommt Watte drauf und ein Verband, den sie am Handgelenk mit einer Gummiklammer fixiert.

Mein echter Opa heißt Enzo d'Amato, höre ich mich sagen.

Ich nehme das auf mich, sagt die Tante, ein Missgeschick, beim Putzen. Damit der Onkel keinen Verdacht schöpft. Damit er nicht durchdreht. Und du sagst einfach, du hättest dich beim Zwiebelschneiden verletzt. Alles andere bleibt unser Geheimnis. Den Stammbaum bringe ich morgen zum Glaser.

Die Tante hat es eilig, schnell die Scherben wegräumen. Die großen hebt sie vorsichtig auf die Kehrichtschaufel, die kleinen kehrt sie mit dem Bartwisch hinauf. Teile der gesprungenen Platte sind noch im Rahmen. Ich stehe daneben, es sieht für mich aus wie ein Film.

Das Beben war in meinem Kopf, aber die Wut sitzt jetzt im Bauch.

Wut habe ich vor allem auf Mama. Dass sie mir alles verheimlicht hat. Sie muss es doch wissen? Mama, die immer sagt, dass man ehrlich sein soll. Dass man nicht lügen darf.

Aber auf der Wut drauf sitzt das schlechte Gewissen, weil böse Gedanken Wirkungen haben, das sagt die Tante so oft, und Mama hat das Baby im Bauch. Ich stelle mir vor, dass die bösen Gedanken nicht über die Staatsgrenze kommen, dass sie in Thörl-Maglern aufgehalten werden von den Zöllnern oder der Polizei, irgendwelchen Uniformierten. Und dieses Bild wirkt, das schlechte Gewissen ist weg.

Opa hat damals schon lange geworben um deine Oma, sagt die Tante. Aber *erhört* hat sie ihn erst, nachdem er zurückgekommen ist aus dem Krieg. Und deine Mama schon unterwegs war. Opa hat das fremde Kind akzeptiert und Oma das fehlende Bein. So einfach war das.

Onkel Hans durfte nichts davon wissen. Opa hat gebeten, dass wir es auch dir nicht sagen. Schon vor deiner Geburt hat er das gesagt und auch ganz zum Schluss noch einmal, durchs Röhrchen. Es war sein letzter Wunsch. Dem letzten Wunsch eines Sterbenden muss man gerecht werden.

Was für ein guter Mann dein Opa war, sagt die Tante nach einer Pause. Weil er mit dem Holzbein nicht mehr hinaufgekommen ist in die Berge, weil er Omas Lieblingsblumen nicht mehr pflücken konnte, hat er für sie Edelweiß auf Kästen, Betten und Türrahmen geschnitzt.

Die Augen von Tante Rosa glänzen auf einmal, ich möchte nicht, dass sie jetzt anfängt zu weinen.

Und Enzo d'Amato?, frage ich schnell.

Der musste am Don kämpfen, mit der Achten Italienischen Armee. Nur Wenige sind zurückgekommen. Nach der Todesmeldung hat sich Oma mir anvertraut. Ich habe ihr zugeredet, den Kriegsinvaliden zu heiraten, der um sie geworben hat, deinen Opa, damals hat er noch in Malborghetto gewohnt.

Die Tante schaut auf die Uhr. In einer halben Stunde kommt der Onkel nach Hause, sagt sie, kein Wort davon zu ihm, ich bitte dich! Woher ich den Namen Enzo d'Amato habe, fragt die Tante mich nicht.

Schnell weg da, denke ich mir und gehe zum Telefon. Ohne die Tante zu fragen, rufe ich Anikò an. Ob ich bei ihr übernachten darf. Zum Glück ist die Leitung frei. Es läutet vier Mal, dann hebt Anikò ab. Ich höre, wie sie ihre Mutter fragt. Ja, ich kann kommen. Ich lege den Hörer auf. Die Tante deutet auf meinen Verband. Anikòs Mutter arbeitet im Krankenhaus, sage ich, die kennt sich aus mit Desinfektion.

Dann gehe ich in mein Zimmer und packe die Schulsachen ein. Die Tante bringt mir meine Zahnbürste und ein frisches Handtuch. Mein Nachthemd stopfe ich auch in die Tasche.

Tante Rosa will mich begleiten. Das möchte ich nicht. Ich muss versprechen, dass ich anrufe, wenn ich dort bin. Lass zwei Mal läuten als Zeichen für mich und leg dann sofort auf, sagt die Tante, so kostet es nichts. Tante Rosa nimmt den Kellerschlüssel vom Haken neben der Eingangstür. Warte noch, sagt sie, ich hole was für Anikòs Mutter.

Mit zwei Gläsern Marmelade kommt sie zurück, die wickelt sie ein in Zeitungspapier. Dann holt die Tante aus der Speis noch ein Sackerl und gibt beide Gläser hinein. Auch das Arnikafläschchen verschwindet darin. Auf dem Sackerl steht *Palmers* drauf, in grünen Buchstaben. Über dem M in der Wortmitte schwebt eine Krone.

Sag, dass du dich beim Abwaschen verletzt hast, an einem zerbrochenen Glasl, ruft mir die Tante im Stiegenhaus nach.

Durch die Siedlung und dann hinunter zum Hauptbahnhof. Mein täglicher Schulweg, alles geht automatisch, aber der Boden unter mir schwankt wie bei einem Erdbeben, das macht mir Angst. Auf der Brücke von Lind über die Gleisanlagen kommt ein Zittern unter den Füßen dazu, gerade fährt ein Güterzug durch, das Vibrieren zumindest ist echt.

Ich quere den Busbahnhof und biege in die Bahnhofstraße ein, viele Leute sind auf dem Gehsteig, Frauen vor allem, die sich festhalten an ihren Einkaufstaschen, während sie vor einem Schaufenster verweilen oder eilig dahingehen, und Männer, die rauchen, aber niemand starrt mich an, niemand scheint zu bemerken, dass ein Stück fehlt, dass etwas weggebrochen ist von mir.

An der Draubrücke steht wieder der Drehleiermann. Ein Kriegsinvalide. Mit der linken Hand bewegt er die Kurbel. Sein rechter Unterarm fehlt. Die Meerkatze springt vom Wagen auf seine Schulter, sie trägt ein Halsband mit Leine, die endet an der Gürtelschnalle des Drehleiermanns. In den schwarzen Hut fallen Münzen.

Dass ich mich jetzt schnäuzen muss, hat mit dem Heuschnupfen gar nichts zu tun.

Aus meiner Tasche ziehe ich eine Packung mit Papiertaschentüchern, die großen Stofftaschentücher vom Onkel mag ich nicht mehr verwenden. Nicht einmal meinen Rotz haben die verdient.

Ob Onkel Hans schon zu Hause ist? Während die Tante im Keller war, habe ich schnell einen Zettel geschrieben, mit nur einem einzigen Satz: Der Stammbaum ist in Scherben, weil mein echter Opa ein Nonno ist.

Keine Anrede, kein Gruß. Den Zettel habe ich zu zwei Dritteln unters Funkgerät geschoben. Der Onkel wird ihn bemerken, spätestens dann, wenn er sich hinsetzt zum Funken. Die Bitte von Tante Rosa habe ich in den Wind geworfen, deswegen habe ich jetzt auch noch ein schlechtes Gewissen.

Vom Hauptplatz weg geht es rechts durch eine Gasse zu Anikòs Wohnung, aber ich habe ihren Namen vergessen. Auch die Hausnummer weiß ich nicht, denn ich bin immer nur mitgegangen mit Anikò, um den Weg zu ihr habe ich mich noch nie gekümmert; wenn wir miteinander reden, bemerke ich rundherum wenig. Ich versuche es mit der Karlgasse und erinnere mich dann doch an den gewohnten Gestank in der Gasse, der auch jetzt wieder in meiner Nase ist, an die Mauerbögen und den bröckelnden Verputz der aneinandergebauten Häuser, vielleicht bin ich schon richtig, alles kommt mir bekannt vor, und dann sehe ich rechts das Holztor mit den Metall-Löwenköpfen, ja, ich bin richtig, aber ich muss den Nasenring gar nicht zum Klopfen verwenden, das Tor steht weit offen.

Anikòs Mutter fragt, warum ich so blass bin, Vera, was ist passiert? Und ich erzähle sofort die ganze Geschichte. Aufs Läutenlassen bei der Tante vergesse ich, während ich rede.

Tante Rosa ruft bald darauf an. Ob alles in Ordnung ist? Ja, alles in Ordnung, sage ich, aber es ist nur ein Echo der Frage, in Wirklichkeit ist bei mir alles aus den Angeln geraten.

Anikòs Mutter erzählt von ihrem Opa, einem gebürtigen Tschechen, der liegt am Österreichisch-Ungarischen Friedhof in Thörl-Maglern begraben. Das habe sie nach der Flucht aus Ungarn nach Villach gebracht.

Ob die Russen im Tod auch verbrüdert wurden mit den Soldaten der Wehrmacht, wie die Italiener mit den Soldaten von Österreich-Ungarn?, frage ich mich später auf dem Sofa, das mir Anikòs Mutter zum Schlafen hergerichtet hat.

Alle Dinge im Raum beginnen zu glänzen, alles ist feucht und glitschig. Auch der Boden ist rutschig vom Schleim, ich gehe vorsichtig, nur nicht fallen. Aus den Fensterfugen tritt eine glänzende, klebrige Masse. Großvaters Flüsterschleim ist überall. Ich wecke mich selbst durch einen Schrei. Den Rest der Nacht verbringe ich in Anikòs Bett. Sie meint, ich sollte Enzo d'Amato und meinen Opa aus Pontebba, mit dem ich gar nicht blutsverwandt bin, einfach zusammenkleben, zwei Fotos mit der Rückseite aneinander in eine durchsichtige Ausweishülle stecken und beide zusammen dann als Großvater betrachten.

Anikòs Mutter hat Frühdienst. Ab fünf Uhr putzt sie im Krankenhaus. Auf dem Esstisch stehen zwei Teller mit Honigbroten. Und eine Thermoskanne Kakao. In Stanniolpapier verpackt eine Jause für Anikò und eine für mich.

Beim Aufgang vor der Schule wartet die Tante. Sie hat mir eine Jause gebracht. Komm nach dem Unterricht gleich zu mir in die Werkstatt, sagt sie. Mir kommt vor, dass die Tante nicht richtig einatmet. Aber ich bin froh, dass sie nichts sagt wegen gestern.

Die Schulstunden lenken mich ab. Latein, das mag ich. Mathematik weniger. In Deutsch gibt es ein Referat über *Die Geschichte vom braven Kasperl und dem schönen Annerl* von Clemens Brentano. In der Zeichenstunde sollen wir ein Motiv für einen Linolschnitt entwerfen. Ich mache Entwürfe für ein Grab mit einem russischen Kreuz.

Um halb eins betrete ich den Modesalon. Gleich hinter dem Eingang stehen meine zwei Koffer.

Du kannst jetzt beim Tierarzt wohnen, sagt die Tante, sie schaut mich dabei nicht einmal an. Damit seine Frau endlich jemanden hat zum Reden. Frau Erath wartet schon auf dich. Wir gehen gleich hin.

In meinem Kopf ist schon wieder ein Durcheinander. Nach der Operation wollten mich die Eraths bei sich behalten, aber die Tante war dagegen. Die Frau kann nicht einmal kochen, hat sie gemeint.

Und jetzt ist die Tante auf einmal dafür: Deinen Eltern sagen wir, dass der Schulweg zu anstrengend ist in der Hitze. Und dein Wohnen bei den Eraths auch ein Dank für die Operation. Das werden sie schon verstehen.

Mit den Koffern die Stiege hinunter, hinaus aus dem Haus, vor bis zur Kreuzung, von da ist es nicht mehr weit zur Villa in der 10.-Oktober-Straße. Dort wieder die Stiegen hinauf, die Tante schnauft, sie trägt einen der Koffer. Frau Erath öffnet, sie wirkt ganz überdreht, wohl ein Zeichen der Freude. Im riesigen Wohnzimmer setzen wir uns zum Tisch. Da steht eine Platte mit aufgeschnittenen Tortenstücken. Die Tante holt aus ihrer Tasche eine Tupperware-Dose, öffnet den Deckel und stellt ihre Blätterteigtascherl neben die Platte. Die Tortengabeln und die Kaffeelöffel sind aus Silber, das Porzellan ist schöner als das Feiertagsgeschirr bei Oma und Tante, ich glaube, auch Tante Rosa wundert sich, warum das da am Tisch ist an einem ganz normalen Tag in der Woche.

Gleich nach dem ersten Verkosten der Torte fragt die Tante nach dem Rezept, das ist wohl als

Kompliment zu verstehen. Keine Ahnung, sagt Frau Erath, die Torte ist aus der Konditorei am Oberen Kirchenplatz.

Aus der Konditorei, wiederholt Tante Rosa. Ich weiß, was sie jetzt denkt. Und ich bemerke auch ihre kurzen Blicke hin zu den Meerschweinchen in den Regalen.

Frau Erath weiß, dass die Tante eine Neigung hat für Naturheilmethoden. Von da schlägt sie einen Bogen zu den Meditationsabenden, die sie seit einiger Zeit schon besucht. Frau Gitschthaler, das wär sicher auch etwas für Sie. *Zen-Meditation*, eine Methode aus Japan. Die Tante schaut skeptisch, keine Sorge, unser Leiter ist ein katholischer Priester, sagt Frau Erath, ein Jesuit.

Eine Methode aus Japan, das finde ich interessant. Frau Erath zieht aus dem Regal neben der Stereoanlage eine Langspielplatte mit einem fetten Buddha aus Stein auf der Hülle. Und dann erzählt sie von einem Vortrag über die *Re-in-kar-na-tion*, den sie in Villach gehört hat. Ein Deutscher war da, und im vollen Saal war eine Aufnahme zu hören: Eine Frau, die panische Angst hatte vor Ratten, durchlebt unter Hypnose alles noch einmal aus einem früheren Leben. Ihr Mann hatte sie in einen Turm gesperrt. Dort wurde sie angefressen von Ratten, bei lebendigem Leib. Nach der Sitzung war die Angst vor den Ratten weg, einfach verschwunden. Und andere

Hypnotisierte hätten auf einmal Sprachen gesprochen, von denen sie im Wachzustand gar nichts wussten. Sprachen aus dem alten Ägypten und aus Mesopotamien.

Beim Abschied kommt mir vor, dass die Tante mich nicht gern da lässt, wegen der ausgestopften Meerschweinchen vielleicht oder wegen der Geschichten mit der *Re-in-kar-na-tion*.

XIII.

So eine Frisur hätte ich auch gern, habe ich nur einmal gesagt und auf die Plattenhülle gezeigt. Und heute, einen Tag später, sitze ich schon beim Friseur. Bist du sicher?, fragt die Friseurin nach dem Haarewaschen. Dreißig Zentimeter kommen weg. Die Plattenhülle der Single habe ich auf die Ablage vorne beim Spiegel gestellt. Mireille Matthieu lächelt uns an. Ja, sage ich, ganz sicher. Obwohl ein Gefühl da ist wie beim Herausziehen der Geldscheine aus der Telefonkassa. Als würde ich jetzt wieder etwas Verbotenes machen. Den Händen wehtun, die mir Zöpfe geflochten haben, den Rossschwanz gebunden, über die offenen Haare gestrichen. Ich habe niemandem in der Verwandtschaft gesagt, was ich vorhabe. Nicht einmal Tante Rosa, obwohl sie jeden Tag anruft.

Frau Erath sitzt auf dem Stuhl neben mir und blättert Zeitschriften durch. Das Geräusch der Schere beim Schneiden. Das fast lautlose Fallen der Strähnen. Föhnschaum wie Schlagobers auf meinem Kopf. Die Friseurin lässt die Rundbürsten tanzen.

Das Lehrmädchen kommt mit dem Besen. Erst jetzt schaut Frau Erath von den Zeitschriften auf. Sie lächelt mir aus dem Spiegel entgegen. Die Haare nehmen wir mit, sagt sie zum Lehrmädchen.

Einpacken, bitte. Das Plastiksackerl mit meinen Haaren steckt Frau Erath in ihre Tasche.

Danach gehen wir Schuhe kaufen. Meine ersten Schuhe mit hohen Absätzen. Und in der Drogerie besorgen wir Wimperntusche und eine kleine Palette mit Lidschatten. Fünf Farben. Alles für mich.

Zu Hause gehe ich sofort ins Bad und schminke mich, in den *Bravo*-Heften habe ich schon oft Tipps dazu gelesen. Ich denke, dass Mama Herzflattern bekäme, könnte sie mich jetzt sehen. Und rote Flecken am Hals.

Hannes sagt, es sei schade um meine Haare. Die alte Frisur habe ihm besser gefallen. Trotzdem macht er mir einen neuen Lutschfleck am Hals. Auch wenn es warm ist, trage ich das Palästinensertuch, das mir Hannes zu Weihnachten geschenkt hat. Ich sage immer, mein Hals tut mir weh. Nur in der Schule gebe ich das Tuch manchmal herunter, damit die anderen Mädchen den Lutschfleck bemerken. Das bringt Respekt. Der Tierarzt sagt, Halsweh nach der Operation sei nichts Besonderes, weil die Mandeln weg seien und die Keime nicht mehr abfangen könnten.

Erst nach ein paar Tagen gehe ich wieder in den Modesalon.

Frau Erath hat nicht alle Tassen im Schrank, sagt Tante Rosa. Das heißt sicher nichts Gutes, weil sie das auch von der Frau sagt, die mit einer Puppe auf dem Arm die Kanaltaler Straße entlanggeht. Immer wieder begegne ich ihr. Manchmal steht sie vorn bei der Kreuzung zur Treffner Straße, bevor sie sich umdreht. Auf der Treffner Straße habe ich sie nur ein einziges Mal gesehen. Sie redet mit der Puppe, streichelt ihren Kopf, manchmal höre ich sie auch singen. Schlaflieder. Ich beobachte sie von der Ferne, in der Nähe schaue ich immer weg.

Dass Frau Erath mit den ausgestopften Meerschweinchen spricht, erzähle ich jetzt lieber nicht. Und es gibt noch andere Dinge, die ich der Tante lieber nicht sage: Dass Frau Erath mir Taschengeld gibt. Dass ich meistens kein warmes Essen bekomme. Dass sie nach Venedig fährt und neue Schuhe kauft, wenn der Onkel mit dem Tierarzt unterwegs ist. Dass Hannes zu mir aufs Zimmer kommt.

Dafür reden wir endlich über die Sache mit Enzo d'Amato. Der Onkel hat getobt, sagt Tante Rosa, aber danach kein Wort mehr darüber verloren. Wann ich Mama sagen könnte, dass das große Geheimnis für mich kein Geheimnis mehr ist? Auf keinen Fall vor der Geburt, meint die Tante. Und nicht im Wochenbett. Danach wäre es auch noch zu früh, weil Aufregung schlecht für die Milch ist. Schlimmstenfalls könnte sie weg sein, sagt Tante Rosa. Ich frage mich, warum sie das weiß.

Aber ich bin froh, dass sie nicht bös ist auf mich.

Wir müssen warten, bis du sechzehn bist, sagt Hannes. Er klopft nur an. Hineingehen kann er noch nicht, obwohl es mich interessiert. Mit den Samen ist es trotzdem gefährlich. Ich fürchte mich vor einem ledigen Kind. In einem Buch habe ich vergrößerte Samenzellen gesehen, kleine Kaulquappen.

Ich erzähle Hannes, wovon Pfarrer Blatnik so gern spricht: Dass der Gang zum Gebärmutterzimmer erst nach der Hochzeit aufgemacht wird. Hannes findet das lustig. Voriges Jahrhundert sei das, sagt er. Heiraten werde er nie. Und dass er wegen der Gesetze des Staates im Vorzimmer warte. Ich denke, dass Hannes auch an die kommunistische Religion glaubt, wie mein verstorbener Nonno.

Hannes bringt mir ein gelbes Lexikon mit einem türkisen L vorne drauf. Russisch-Deutsch. Ich schreibe *Enzo d'Amato* mit russischen Buchstaben auf einen Zettel und zeichne vor das Datum des Todes ein Kreuz. So müsste es dort stehen, irgendwo in Russland, auf einem Grab. Den Zettel hänge ich an die Wand. Beim Blick auf den Zettel habe ich den Gesang der Don Kosaken im Ohr.

Wenn ich erwachsen bin, werde ich einmal nach Russland fahren, dann bringe ich Enzo d'Amato einen Kranz mit Bändern in Rot-Weiß-Grün. Hannes hat versprochen, er würde mir helfen, das Grab ausfindig zu machen. So etwas wie das *Schwarze Kreuz* müsse es auch in Italien geben, sagt er, und außerdem ist er befreundet mit dem Sohn des russisch-orthodoxen Pfarrers von Villach.

Papa schreibt, seine Brüder aus Kanada wollen nächstes Jahr für die Nonna einen Bungalow bauen. Ein erdbebensicheres Haus. Und diesen Herbst, noch vor der Geburt, würde unser altes Haus schon wieder halbwegs bewohnbar sein, mit Hilfe der Brüder. Alle drei und nicht nur einer würden heuer kommen im Sommer. Schlafen könnten sie drüben in Pioverno, im Nebengebäude, das habe er schon wieder instand gesetzt, nur die großen Voglieren müssten noch weg und Platz machen für die drei Betten. Wasser gibt es am Brunnen, sagt Papa, als wir klein waren, hatten wir auch noch kein fließendes Wasser im Haus.

Wenn es dir in Villach so gut gefällt, schreibt Papa, könntest du noch ein Jahr bleiben. Dann hätten wir inzwischen Platz für die Nonna. Die könnte Mama behilflich sein, im ersten Jahr mit deinem Geschwisterl.

Ich bin ganz zittrig geworden beim Lesen. Papa will mich austauschen gegen die Nonna, ich kann nicht glauben, dass er das wirklich so meint. Lieber hätte ich darum gekämpft, dass ich dableiben darf. Mit Frau Erath habe ich längst darüber gesprochen. Wir hatten schon einen Plan, meine Familie zu überreden, damit ich noch ein Jahr dableiben kann.

In meinen Antwortbrief schreibe ich, dass die Nonna gern mein Zimmer bewohnen darf. Weil ich die Unterstufe sowieso fertig machen möchte in Villach.

Mein großer Wunsch ist erfüllt, aber ich bin trotzdem gekränkt.

Die ausgestopften Meerschweinchen haben Namen. Wegen der immer geöffneten Glasaugen sind sie mir bei Dunkelheit irgendwie nicht ganz geheuer. Die waren alle meine Kinder, sagt Frau Erath.

Philipp. Maximilian. Sophie. Rudolf. Marie. Franz Ferdinand und Leopold, der Tierarzt nennt sie die *Habsburger-Menagerie.*

Am Nachmittag, wenn er Hausbesuche macht, sitzen die Meerschweinchen bei Frau Erath auf dem Sofa. Am Abend, wenn er Termine hat, sehen sie mit uns fern.

Das bleibt unter uns, sagt sie, mein Mann soll das nicht wissen. Frau Erath streicht ihnen über das Fell. Das will er auch nicht, sagt sie, aber ich mache es trotzdem. Meine Kinder haben im Fell ein wenig Arsen.

Der Tierarzt macht mit Onkel Hans eine Bergtour. Auf den Monte Canin, sie übernachten auf einer Hütte. Wir sehen zusammen eine Folge von *Das Haus am Eaton Place*, ich glaube, Frau Erath ist in Graf Bellamy verliebt. Sie schaut jede Folge am Montag und dann auch noch die Wiederholung am Dienstag, ich bin sicher, sie wäre gern die zweite Frau des Lords geworden, nachdem die erste auf der Titanic ums Leben gekommen ist.

Nach der Sendung stellt Frau Erath Franz Ferdinand auf ein Tablett, nach der Reihe auch die sechs anderen. Ich begleite sie, damit ich ihr die Tür zum Schlafzimmer aufmachen kann. Vermutlich dürfen sie heute neben ihr im Bett liegen. Noch vor dem Einschlafen habe ich einen Meerschweinchen-Plan entwickelt.

Am nächsten Tag gehe ich nach der Schule zur Tierhandlung Loser. Von der Peraustraße ist es nicht weit bis in die Widmanngasse. Ich habe eine Schuhschachtel dabei. In die Schachtel habe ich mit der Schere Löcher gebohrt. Ich kaufe ein Meerschweinchen, eines mit schwarz-weißem Fell. Angorafell. Das Meerschweinchen ist noch ganz klein, es passt in meine geöffnete Hand, aber ich trage es trotzdem lieber in der Schachtel nach Hause. Zu viele Leute, zu viele Autos.

Ich bin ganz aufgeregt, vor Freude über mein Überraschungsgeschenk. Frau Erath ist da, ich stelle die Schachtel vor sie hin auf den Couchtisch. Bitte aufmachen. Frau Erath öffnet den Deckel, dann wird sie ganz still und bewegt sich nicht mehr. Das kleine Meerschweinchen versucht aus der Schachtel zu klettern, ich hebe es vorsichtig heraus und bewege meinen Handteller mit dem Tierchen darauf zu ihrer Brust. Ein Schrei, in meiner Hand zuckt das Tierchen zusammen und auch ich bin erschrocken. Frau Erath weint und jammert, sie steht auf und ruft *Weg damit! Weg! Kein lebendiges Tier kommt mir mehr in die Wohnung!* Dann läuft sie weinend ins Schlafzimmer. Ich gebe das Meerschweinchen zurück in die Schachtel und mache mich auf den Weg in die Tierhandlung, was soll ich jetzt sonst tun, ich kenne mich nicht aus und bin traurig, denn ich hätte das Meerschweinchen gern in meiner Nähe gehabt. Mich brennt es in der Nase, aber mit Blütenpollen hat das jetzt gar nichts zu tun.

Ich darf es nicht behalten, sage ich zum Verkäufer. Er sieht zuerst mich an und dann das Meerschweinchen, von oben und unten, ob alles noch dran ist am Tierchen. Ich glaube, er hat meine Verzweiflung bemerkt. Der Verkäufer geht zur Kassa und gibt mir den Geldschein zurück.

Wenn ich am Schreibtisch sitze, sitzt mir nun Sophie gegenüber. Frau Erath hat sie mir auf den Schreibtisch gestellt. Damit ich Gesellschaft habe und nicht allein bin in meinem Zimmer. Irgendetwas hätte es gegeben zwischen den Kindern, hat mir Frau Erath erzählt, Eifersucht und etwas, das sie *Zerwürfnis* nennt.

Wenn Hannes da ist, lege ich Sophie mein Haarband über die Augen.

XIV.

Die Tante hat mich gebeten, dass ich mitfahre hinauf aufs Nassfeld. Damit sie einen freien Sonntag hat. Und ich habe ja gesagt, weil ich ihr den Wunsch erfüllen wollte. Ich möchte der Tante *etwas zurückgeben*, diese Worte verwendet sie oft, wenn sie vom Naturheiler spricht, für den sie kleine Änderungen macht oder Reparaturen, obwohl die Tante nur Damenschneiderin ist. Ich finde es lustig, dass man etwas zurückgeben kann, das man davor gar nicht bekommen oder ausgeborgt hat. Sogar etwas, das man angreifen kann, für etwas, das man nicht angreifen kann. Oder umgekehrt. Also einen neuen Reißverschluss beim Hosenschlitz für einen Ratschlag bei Kopfweh. Ob die Tante dem Naturheiler auch etwas gibt, das man nicht angreifen kann? Diese Frage ist mir einfach gekommen. Weil sie heute zu ihm geht, in sein kleines Häuschen am Stadtrand, zum Ringelblumenblätter-Abzupfen. Aber das ist geheim.

Für den Onkel hätte ich es nicht getan, obwohl er extra aufgetaucht ist, um mich zu fragen, ob ich mitfahren würde, was soll denn Herr Lindner denken, hat er gesagt, wenn du nicht mitkommst? Sogar Geld wollte er mir geben dafür.

Ich darf vorne sitzen, weil mir so schnell schlecht wird im Auto, die Nassfeldstraße hat viele Kurven, in Serpentinen geht es hinauf auf den Berg. Der Onkel am Steuer, Herr Lindner sitzt hinten, sechzig Jahre schon ist die Straße alt, sagt der Onkel, vom Militär gebaut über den Pass vom Gailtal nach Pontafel, zur alten Grenze.

Ich kurble das Fenster auf und strecke den Arm hinaus, damit ich den Fahrtwind spüre, frische Luft gegen die Übelkeit, der Onkel bemüht sich, er schneidet die Kurven, aber mir ist trotzdem schon schlecht. In der linken Hand das Sackerl, für alle Fälle.

Da bin ich damals drübergegangen, sagt der Onkel, über die grüne Grenze, 1946, nach der Heimkehr aus Russland wollte ich auch nach Pontafel, aber das war verboten. Und so habe ich mich in der Nacht hinübergeschlichen, ich kannte ja die Wege über die Almen aus meiner Kindheit und Jugend, war mit der Gegend besser vertraut als die Besatzer, die im Gelände immer noch Heimkehrer gesucht haben von der Wehrmacht und der Waffen-SS aus dem Süden. Ich habe die Engländer überlistet und bin ohne Probleme nach Pontafel gekommen, zu meiner Schwester, das war ein Fest, sie hat mich bewirtet wie einen König, nach all dem Hunger der Jahre davor.

Ziemlich gefährlich dieser Gang über die Grenze, sagt Herr Lindner.

Mir war alles egal nach der Gefangenschaft bei den Russen, so ein kleines Arrestchen hier hätte ich auch überlebt, sagt der Onkel. Bis 1945 konnten die Optanten noch mit einem Passierschein über die Grenze, danach ging das nicht mehr, erst 1947 haben die Engländer die Bestimmungen wieder gelockert.

Bitte bleib stehen, sag ich zum Onkel und mache schon die Autotür auf, der Onkel fährt schnell zur Seite, es würgt mich, aber draußen in der Wiese kommt dann doch nichts herauf, ungern steige ich wieder ein. Fünf Minuten später sind wir beim Parkplatz, wir nehmen die Rucksäcke und wandern zur Watschiger Alm am Fuße des Gartnerkofels, wo die Wulfenia blüht. In der Zeitung hat der Onkel gelesen, dass es wieder so weit sei. Er ist stolz auf die Wulfenia und möchte sie jedes Jahr zur Blütezeit sehen. Die Alpenrose bewundert er auch, *Almrausch* nennt er sie, das finde ich witzig, aber die gibt es eh überall in den Bergen, die Wulfenia dagegen nur hier, sagt der Onkel, nur hier bei uns in Kärnten auf dem Nassfeld, und sonst nur in Albanien und im Himalaya.

Mir gefallen andere Pflanzen hier besser als Wulfenia und Almrausch, das Wollgras zum Beispiel oder die Silberdistel, schon aus Protest, von den meisten Blumen jedoch weiß ich nicht, wie sie heißen.

Auf einer Wiese legen wir unsere Regenpelerinen auf den Boden und setzen uns drauf, es gibt Saft und für jeden ein Speckbrot, die Tante hat in der Früh noch eine Jause gemacht, für uns alle drei, in Tupperdosen verpackt. Der Apfelsaft ist verdünnt wie immer, sonst wird man durstig davon, sagt der Onkel. Es gibt nur zwei Plastikflaschen mit Trinkbecher, heute muss ich aus demselben trinken wie Onkel Hans.

Nach der Jause stehe ich auf und ziehe meine Regenpelerine ein paar Meter weg von den Männern. Dann lege ich mich hin und schaue in den Himmel hinauf. Vorigen Sommer war ich mit Oma ein paar Wochen hier ganz in der Nähe, unten im Gailtal, Erholungsurlaub bei Bauern, die Zimmer vermieten, nach Wochen im Zelt. Ich muss an die gelbe Butter denken, echte Almbutter, hat die Wirtin gesagt, selbst gemacht. Wir sitzen beim Frühstück. Brot und Butter, Marmelade, Speck und Reindling stehen auf dem Tisch. Milch und Kaffee. Die gelbe Butter schmeckt nach Stall, auf dem quadratischen Stück ist oben drauf eine Blume aus Butter zu sehen. Ein Edelweiß. Ich streiche über die Almbutter auf meinem Brot ganz dick Marmelade, aber der Stallgeschmack ist stärker als der Himbeergeruch, der Brei in meinem Mund will nicht in den Magen hinunter. Ich stehe auf, was ist, fragt Oma, ich muss schnell aufs Klo, sage ich und laufe hinaus. In der Toilette im ersten Stock spucke ich den Brei in die Kloschüssel, mit schlechtem Gewissen. Die Kinder aus Afrika stehen um mich herum mit ihren Hungerbäuchen. Die auf den Fotos aus der Zeitschrift *Alle Welt*. Ich schäme mich und spüle alles hinunter.

Der Onkel führt uns zu einer kleinen Kapelle. Auf Tafeln wird der toten Soldaten gedacht. Weiter unten führt die Straße nach Pontebba hinunter. 1915 wurde das Kanaltal geräumt, sagt der Onkel, alle mussten weg, weil die Italiener, unsere Verbündeten, Österreich-Ungarn den Krieg erklärt haben. Zuerst wollten sie sich nicht beteiligen am Kampf, aber zur gleichen Zeit haben sie schon hinter unserem Rücken mit England verhandelt. Sind aus dem Dreibund ausgestiegen und zur Entente übergelaufen.

Der Onkel räuspert sich und spuckt aus.

Mir war klar, dass es nicht gehen wird ohne Geschichtsunterricht hier oben am Berg, aber ich habe auf Herrn Lindner gehofft. Schon in Linz kam mir vor, der steht mehr auf meiner Seite. Doch bis jetzt ist er nur einer, der gut zuhören kann.

Endlich sagt er doch etwas: Hans, damals warst du doch noch nicht auf der Welt!

Nein, sagt der Onkel, aber die Eltern, die mussten das Kanaltal verlassen, im Frühjahr 1915, der

Vater an die Front in die Berge, die Mutter mit den Eltern nach Kärnten, erst im Herbst 1917 sind sie wieder zurück nach Pontafel gekommen, ins Haus. Oder in das, was davon übrig war. Zuerst haben sie in einer Baracke gewohnt, die davor die Behausung war von Soldaten. Die meisten Kanaltaler haben sich erst im Frühjahr 1918 zurückgetraut, und viele Evakuierte sind überhaupt im Gebiet des heutigen Kärnten geblieben. Die Häuser im Tal waren zerstört, die Felder, Wiesen und Gärten verwildert, das muss man sich vorstellen, ehemalige Kriegszone, überall Drahthindernisse in den Wäldern. Gräben. Granateinschläge.

Der Vater ist als Kriegszitterer zurückgekommen, zum Glück hat sich das bei ihm wieder gelegt.

Und zum Glück war er auf der Seite von Österreich-Ungarn, in Italien haben sie mit Kriegszitterern oft kurzen Prozess gemacht. Wegen Kriegsdienstverweigerung. Zwei Winter ist der Vater als Soldat in den Bergen gewesen. Der weiße Tod hat viele geholt. Schneebretter. Lawinen. Kälte. Vereiste Strickleitern. Hunger und Durst.

Eine Inschrift vom Soldatenfriedhof im Valbruna kann der Onkel auswendig aufsagen:

Saatkörner ruhen hier, vom Frost erstickt,
eh sie des Frühlings ersten Trost erblickt.
Ihr, die ihr erntet einst im goldenen Licht
Des satten Sommerglücks, vergesst sie nicht.

Ich könnte lachen, weil der Onkel auf einmal so pathetisch wirkt. Oder klingen diese Worte einfach komisch, weil sie aus seinem Mund kommen. Noch nie habe ich den Onkel was anderes aufsagen hören als Verse aus *Max und Moritz* und *Struwwelpeter*.

Mit der Ernte war dann nichts, sagt er, der sogenannte Friedensvertrag hat die Ernte kaputt gemacht. Italien hat das ganze Kanaltal bekommen, als Dank für den Verrat. Und Südtirol, und das Trentino, und Triest, und die Inseln. Der Onkel spuckt schon wieder aus.

Stell dir vor, sagt er, auf einmal liegen Haus und Hof im Königreich Italien. Im Land, das dem Kriegsfeind gehört. Auf einmal ist man ein Fremder in seiner Heimat.

Und 1939 haben wir dann gedacht, wenn wir alle optieren fürs Deutsche Reich, dann wird der Hitler das Kanaltal wieder zurückholen von den Italienern. Aber es ist leider anders gekommen.

Der Onkel macht eine Pause, und auch Herr Lindner sagt nichts.

Hannes behauptet, Hitler hätte das Kanaltal und Südtirol geopfert, damit Mussolini seinem Einmarsch in Österreich zustimmt. Aber wenn ich das jetzt sage, dann gibt es eine Explosion.

Herr Lindner möchte ins Gasthaus, ich lade euch ein, sagt er, doch der Onkel will etwas kochen,

Bergsuppe, immer hat er seinen Spirituskocher dabei und Aluminiumgeschirr, Wasser hat er schon von einem Bergbach genommen, auf dem Rückweg von der Watschiger Alm, mit einer leeren Saftflasche, die anderen Zutaten kommen aus einem Maggipackerl. So flaumige Grießnockerl gibt es nur in der Höhe, sagt der Onkel, und nach zehn Minuten sitzen wir wieder auf unseren Windjacken und schlürfen die Suppe, drei Löffel kratzen am Tellerblech.

Wir gehen doch noch ins Gasthaus. Wenigstens auf ein Getränk, sagt Herr Lindner. Bei einem Holztisch im Freien nehmen wir Platz. Ich bestelle Apfelsaft. Bitte ohne Verdünnung. Herr Lindner bestellt italienischen Wein, der Onkel Schnaps. Kärntner Schnaps, sagt er. Einen, und dann noch einen und noch einen.

Onkel Hans beginnt von seinen Bergtouren zu erzählen, aber irgendwie führen alle Wege nach Rom. Beim Onkel ist Rom das Kanaltal. Und was er von den bösen Italienern dort alles zu sagen weiß. Ich will gar nicht hinhören, aber weghören kann ich auch nicht.

Jemand hat mich beim Deutschreden in der Schule erwischt, sagt der Onkel, in der Pause hab ich dem Anton etwas erzählt, und dann ist ein italienischer Bub zum Lehrer gelaufen. Wenn das noch einmal vorkommt, werden dir die Faschisten die Zunge herausschneiden, hat der zu mir gesagt.

Die Zunge vom Onkel wirkt ein wenig gelähmt, er spricht langsam und undeutlich. Onkel, du hast einen Almrausch, sage ich, und jetzt lacht er sogar. Seine Augen sind glasig, ist es der Alkohol oder sind das zwei halbe Tränen? Auf einmal tut er mir leid.

Ich muss austreten gehen, sagt der Onkel. Schaffst du das allein?, fragt Herr Lindner. Mir kommt eine Redewendung in den Kopf, *bere come un tedesco*, trinken wie ein Deutscher, aber ich bin lieber still, weil sonst am Ende eine Retourkutsche kommt zum Thema Zio Antonio. Vor ein paar Wochen habe ich gehört, was der Onkel dem Tierarzt erzählt hat von ihm: dass der sicher auch ein Vogelfänger gewesen sei wie fast alle *Itaker*, dass der sicher auch auf Singvögel geschossen hätte, die von Kärnten aus nach Afrika fliegen oder ans Mittelmeer. Und sie dann an Restaurants verkauft hätte. Nachtigallen auf Polenta. Rotkehlchen am Spieß. Ich hätte gern losgeschrien, aber dann hätten die beiden bemerkt, dass ich mich hinter einem Baum versteckt hatte, um sie wieder einmal zu belauschen.

Ja, Onkel Hans schafft es allein, aber er geht nicht gerade. Und geht nicht ins Gasthaus hinein, er wankt über die Wiese zu einer Tanne, gießen nennt er das immer, wenn er in der Natur pinkelt, mir ist das peinlich, auch wenn man nichts sieht.

Herr Lindner zieht ein Kuvert aus seinem Rucksack, da, sagt er, für dich, weil du für mich Platz gemacht hast, damit ich im Kabinett schlafen kann. Ich sage nein, das ist nicht so, aber Herr Lindner schiebt das Kuvert unter den Rucksack, der neben mir auf der Holzbank liegt, bitte, sagt er, und kein Wort mehr darüber, da dreht sich der Onkel schon um und führt eine Hand zur Stirn, die Sonne scheint ihn zu blenden, aber jetzt erkennt er uns und kommt zurück an den Tisch. Hände waschen, geht mir durch den Kopf.

Das Kuvert in den Rucksack gesteckt, gehe jetzt ich aufs Klo. In der Toilette öffne ich den Umschlag, zweihundert Schilling. Vielleicht geht es sich damit aus für einen der Röcke, die vor dem Geschäft an der Draubrücke hängen, Indienröcke, zu denen es auch Oberteile gibt aus demselben Stoff.

Soll ich dem Onkel sagen, ich hätte es mir überlegt, ich möchte jetzt doch Geld für den Ausflug?

Fahren wir auf der anderen Seite hinunter, sage ich, wir haben Onkel Hans überredet, sich auf die Rückbank zu setzen und Herrn Lindner ans Steuer zu lassen. Ich will noch nach Pontebba fahren, Oma und Nonna sind so nahe und sicher zu Hause, ein Überraschungsbesuch.

Bei der Fahrt auf der italienischen Seite sitze ich wieder vorne und jetzt wird mir nicht noch einmal übel. Endlich ist Herr Lindner gesprächig geworden, er erzählt mir von seiner Zeit in Italien, von Freundschaften mit italienischen Soldaten, von seiner Desertion gegen Ende des Krieges, von der Flucht mit dem Fahrrad, von Bauern, die ihm geholfen haben mit Essen und Trinken und einem Schlafplatz im Stroh, nur von den Monaten im Lager wollte er nichts Genaueres sagen, schließlich hatten ihn die Amerikaner doch noch gefangen genommen.

In Pontebba möchte ich Herrn Lindner alles zeigen, er sagt, bis jetzt sei er immer nur durchgefahren durch diesen Ort. Auto abstellen bei der *Chiesa Santa Maria Maggiore*, Herr Lindner fotografiert mich drinnen mit Blitz vor dem berühmten Flügelalter, später vor dem Rathaus und an der Brücke, neben den Grenzsteinen. Die schweren Trümmer da, sagt er, haben ihr Gewicht ja schon vor sechzig Jahren verloren, schön, dass sie noch immer da stehen. Ich fotografiere Herrn Lindner vor der *Johannes-Kirche* mit den neuen Stahlklammern am Turm, die nach dem Erdbeben angebracht wurden, und dann bleiben wir auch noch beim Friedhof stehen; während der Onkel noch immer schläft, zeige ich Herrn Lindner unser Familiengrab. Erst davor stehend muss ich wieder dran denken, dass da nicht mein echter Großvater liegt, und jetzt sage ich einfach, das ist mein Opa, mit dem ich aber nicht blutsverwandt bin wegen dem Krieg. Dann führe ich Herrn Lindner zur Tafel mit den Gefallenen und den Vermissten, alles Deutsche, sage ich, und das kommt mir jetzt selbst komisch vor, weil man in Österreich nur die nördlichen Nachbarn so nennt, die aus der BRD, die Sommerfrischler und Kurgäste. Und dein echter Opa, ist sein Name da auch drauf?, fragt Herr Lindner. Ich stehe nur da und schaue auf die Namen, die eingravierten Buchstaben, in meinem Kopf ist gerade ein Sturm, ich höre den Stammbaum knarren, das Rauschen des Windes, auf einmal knackst und kracht es. Nein, sage ich, mein echter Opa hat woanders ein Denkmal. Der war nicht aus Pontebba.

Ob Oma schon weiß, dass ich es weiß.
Ob ich es ansprechen soll.
Ob ich warten soll, bis sie es ansprechen wird.

Vor dem Haus steige ich aus und öffne das Tor, damit das Auto im Hof parken kann. Die Hühner laufen schnell weg. Oma kommt uns entgegen, sie umarmt mich wie immer, so eine Überraschung, sagt sie, dann stelle ich ihr Herrn Lindner vor, den sie schon lange kennt, aus Erzählungen von Onkel Hans, willkommen!

Na, wie schaust denn du aus, sagt sie zu ihrem Bruder.

Die Nonna ist leider nicht da, sie macht heute einen Besuch bei Mama und Papa.

KaffeeReindlingSpeckKirschenkompott, nein, bitte keinen Wein mehr und keinen Schnaps, BrotSenfgurkenHollersaft, alles kommt auf den Tisch.

Schön ist es hier, sagt Herr Lindner. Wie gut, dass Sie im Kanaltal geblieben sind, Hans hat mir die Familiengeschichte erzählt.

Ja, sagt Oma, nur so konnten die Eltern mit Hans nach Kärnten gehen. Weil ich da geblieben bin. Dass in sein Vaterhaus fremde Leute einziehen, hätte er niemals ertragen. Unsere Eltern haben so viel Arbeit hineingesteckt in den Wiederaufbau nach dem Krieg, das hat das Weggehen noch schwerer gemacht. Leicht war gar nichts, das Dableiben nicht und das Weggehen auch nicht.

Das Weggehen war schwerer, sagt Onkel Hans, aber hier gab es schon lange keine sicheren Arbeitsplätze mehr für uns Deutsche, die öffentlichen Stellen wurden immer nur mit Italienern besetzt. Und im Kriegsfall für Mussolini in den Kampf ziehen? Nein! Mich hatten die Italiener bereits gemustert, nein danke.

So haben damals viele gedacht, sagt Oma, lieber wollten sie für einen Deutschen sterben. Und dann waren Deutsche und Italiener wieder zusammen an der Front. In Russland. Und sind dort zusammen gestorben.

Jetzt könnte ich etwas sagen, aber ich schaffe es nicht. Mein Herz klopft zu sehr, hoffentlich fragt Herr Lindner jetzt nicht, was mit meinem echten Opa passiert ist.

Es gab gemischte Einheiten von Italienern und Deutschen, sagt der Onkel, doch beim Angriff haben die Itaker immer das Weite gesucht. Oder sie haben uns vorauslaufen lassen.

Ich hatte immer das Gefühl, sagt Herr Lindner, die Deutschen spielen sich als Eigentümer der Italiener auf, als ihr Vormund, das hat mir gar nicht gefallen. Und die italienischen Soldaten waren von Anfang an schlechter dran. Die mussten zu Fuß gehen, hatten keine Fahrzeuge, nur Maultiere.

Was unsere Sympathie für die Italiener betrifft, sagt Oma, da bin ich wohl schon im Bauch unserer seligen Mutter in die andere Richtung gelegen als Hans. Obwohl die mich später dann *Crucca* geschimpft haben, aber es ist viel besser geworden im Laufe der Zeit. Ich habe ja schon mit sechzehn ein Jahr in Neapel verbracht. Als Kindermädchen bei einer reichen Familie.

Herr Lindner beginnt zu lachen, er hat den Spruch auf der Kaffeetasse entdeckt: *Der ist im Haus das Oberhaupt, der das tut, was die Frau erlaubt.* War das ein Hochzeitsgeschenk?, fragt er, nein, sagt Oma, die hat mir der Sepp erst viel später einmal gebracht, aber er hat sich schon vorher daran gehalten.

Und jetzt erzählt sie von Opas Kriegsverletzung, von seinem Holzbein, und dass ihm mit sechzig auch noch der Adamsapfel herausoperiert wurde. Ich fühle mich erwachsen, denn Oma sagt jetzt neben mir die Wahrheit, Kehlkopfkrebs hatte er, vom vielen Rauchen.

Zuerst eine Hausführung, und dann geht Oma mit uns hinaus in den Garten, zu den Blumen, Phlox und Herzerlstock und Lupinen blühen, weiter zu den Gemüsebeeten und zum kleinen Acker, zu den jungen Maispflanzen, wie immer hat Oma erst nach den Eisheiligen ausgesät. Hier draußen sieht man die Früchte der Arbeit, sagt sie, drinnen gehen Kochen und Putzen immer im Kreis. Der Mais ist nur für den Hausgebrauch, erklärt sie Herrn Lindner, Oma, die den Mais an der Stadelwand trocknen lässt, die ihn selbst fiedert und abrebelt und mit dem Fahrrad zur Mühle bringt, damit sie der Nonna in Venzone zu Weihnachten Polentagrieß schenken kann.

Zum Schluss kommt noch das Nebengebäude dran. Der ehemalige Stall, später dann Opas Werkstatt. Seine Hobelbank steht immer noch da. Aber der Geruch von frischem Holz fehlt und der Geruch von Leim. Ich schaue auf den Türrahmen, auf die Kerben darin und die Jahreszahlen, die Opa ins Holz geritzt hat, und auf einmal bin ich traurig, weil man seit seinem Tod nicht mehr sehen kann, wie viel ich gewachsen bin.

Beim Abschied steckt mir Oma zwei Hunderter zu, die Zimmergäste vorige Woche haben wieder in Schilling bezahlt. Scheine sind besser als Münzen, hat Oma bis jetzt immer gesagt, denn Münzen drücken das Sparschwein im Magen. Heute denkt sie nicht an diesen Spruch. Vielleicht ahnt sie, dass ich diesmal nicht das Schwein füttern will mit dem Geld.

XV.

Hinter dem schmiedeeisernen Zaun blüht weißer Oleander, alles sieht aus wie immer, aber irgendwas ist doch anders. Die Vermieterin sitzt vor der Haustüre, sie wartet auf uns mit dem Schlüssel. Sie sagt, dass ich größer geworden sei, wie immer, und diesmal bin ich sogar viel größer geworden, denn seit dem letzten Treffen sind zwei Jahre vergangen. Oma hat wieder Marmelade dabei und einen Laib *Montasio* aus den Bergen des Valcanale, sie hat schon die Reisetasche geöffnet und hebt ihre Mitbringsel heraus. Schnell weg mit dem Zeitungspapier rundherum. Gleich wird Signora Degrassi den Käse beschnuppern und sagen, dass es nirgends besseren Käse gebe als nahe der Grenze zu Österreich. Jedes Jahr sagt sie dasselbe.

Die Signora fragt nach meinen Tanten in Wien und nach den Enkeln von Oma. Ich suche ein Thema, damit sie nicht auch die Nonna nach ihren Kindern fragt, aber womit könnte ich ablenken von den Familiengesprächen? Zum Glück kommt ein Feriengast aus dem Haus mit einem Abflussproblem und ich darf Dolmetscherin spielen. Oma schließt den Reißverschluss ihrer Tasche und macht sich mit der Nonna auf den Weg zu unserem Appartement. Ich komme gleich nach. Diesmal sind wir im dritten Stock, Oma freut sich, dass

Zimmer, Küche und Balkon *schattseitig* liegen, es wird nur Morgensonne geben und tagsüber nicht *herbrennen*, ich darf die Läden öffnen in der abgedunkelten Küche. Wie immer steht eine Flasche Wein auf dem Tisch. Und Obst für *die Kleine*. Ob die Evakuierten, die da gewohnt haben im vergangenen Winter, auch Wein bekommen haben und Obst?

Weil wir im Zug schon gejausnet haben, wird erst am Abend gekocht. Auspacken und dann schnell hinunter zum Strand.

Jeden Sommer, bis auf den letzten, war ich mit Nonna und Oma am Meer, und Meer hieß immer Lignano. Für Villacher Eisenbahner gibt es da verbilligte *appartamenti*, Onkel Hans fädelt das ein. Oma, die sich dann als Anna Gitschthaler ausgibt, obwohl sie Fillafer heißt, in Lignano trägt sie wieder ihren Mädchennamen, den Namen von Onkel Hans, der Anspruch hat auf das vergünstigte Quartier. Nach unseren Ausweispapieren hat Signora Degrassi uns niemals gefragt.

Während der Sommerwochen gibt es kein Frühaufstehen, kein Frühschlafengehen, abends *promenierten* wir durchs Zentrum, Nonna und Oma kauften mir früher Murano-Glastiere und getrocknete Seepferdchen, sie gaben mir Münzen für Automaten, aus denen durchsichtige Plastikkugeln rollten mit kleinem Spielzeug darin. Später wurden die Kleiderständer für mich interessant, ich durfte mir T-Shirts aussuchen und Strandkleider, in Lignano waren Oma und Nonna immer äußerst spendabel.

Und Eis gab es all die Jahre zweimal am Tag, Eis, von dem Mama nichts wissen durfte, nicht noch eine Darminfektion. Mit fünf blieb ich mit Mama drei Wochen in Rimini, in der günstigen Vorsaison, Papa hatte uns hinbegleitet und fuhr am nächsten Tag wieder nach Hause, er hatte keinen Urlaub bekommen. Gleich danach wurde mir übel, es ging los mit Erbrechen und Durchfall, mit der *Riminikrankheit*, aus Mamas Erzählungen kenne ich alle Details. Eine knöcherne Hand hätte ich gehabt nach zwei Wochen. Tag und Nacht sei sie bei mir gesessen, zu beten habe sie begonnen, Gott anzuflehen.

Vielleicht war es ein Zeichen von oben, sagte Mama später einmal, deine Hand hat sich angefühlt wie die des Zigeunermädchens, die ich abgeschüttelt hatte am ersten Abend, beim Spazierengehen in der Stadt, knochige Finger.

Das Mädchen sei leer ausgegangen, ich aber hätte ein riesiges Eis bekommen.

Von Rimini weiß ich fast nichts mehr. Das Halbdunkel des Zimmers mit wandernden Lichtflecken, wegen der Hitze waren die Rollläden auch tagsüber geschlossen. Das Brummen des Ventilators. Spritzen, die mir ein Strandwärter gab, der Arzt wollte nicht ins Hotelzimmer kommen. Ein Strandwärter, der Spritzen gibt, stellt euch das vor!, sagte Mama, wenn sie davon erzählte, Zustände wie im Wilden Westen. Zwei Wochen Kamillentee, hohes Fieber. All das hatte mit der abgeschüttelten Hand des Zigeunermädchens zu tun und mit dem Eis, Mama, die immer sehr ernst wurde, wenn sie davon erzählte. Seither waren Kohletabletten bei uns hoch im Kurs, eine Packung musste immer ins Toilettentascherl, neben Zahnbürste, Zahnpasta, Seifendose und Creme.

Opa war nie mit in Lignano. Baden sei nicht möglich für ihn, sagte er, und das Gehen mit dem Holzbein im Sand eine Qual. Für den Nonno war es auch nicht lustig am Strand, er blieb lieber daheim bei seinen Büchern.

Hannes ist auch in Lignano. Aber Oma und Nonna wissen das nicht. Er wohnt am Campingplatz, in der Nähe der Mündung des Tagliamento, dort, wo er gemeint hat, da schwimmen Millionen von deutschen Wörtern im salzigen Wasser. Zu seinem Zelt gehe ich nicht, ich habe für ewig genug von Zelten, von der Hitze darin, von der Kälte, vom Dampf. Auch wenn der Onkel die Monate von Mai bis September im vorigen Jahr *gratis Campingurlaub* nennt. *Che pazzo!*

Wir treffen uns auf der halben Strecke zwischen Sabbiadoro und Riviera, ich gehe Muscheln suchen, sage ich zu Oma und Nonna, immer gleich nach dem Mittagessen, wenn sie ein Schläfchen machen, bevor sie am späteren Nachmittag wieder hinuntergehen zum Strand. Ich muss Oma versprechen, dass ich mit den dort auf und ab spazierenden *Papagalli* nicht rede. Mich nicht umdrehe, wenn mir jemand nachpfeift. Und ich soll mich anständig einschmieren, einen Strohhut mitnehmen und eine Wasserflasche, trink ja nicht das Wasser aus der Leitung unten am Strand. Ich packe eine Plastikdose in meinen Korb, die ist für die Muscheln, für ganz besondere Stücke, die Hannes mitbringt von seinem ersten Spaziergang ganz in der Früh.

Ein Stück Strand ohne Liegestühle und Schirme, und dahinter ein graues Gebäude, langgezogen mit einem Turm in der Mitte, darauf eine Uhr. *Krematorium* nennt es Hannes, diesen Namen hat er dem Gebäude schon vor vielen Jahren gegeben, als er einmal dort war auf Kindererholung. Zwischen dem Strand und dem *Krematorium* sind Dünen, größere und kleinere Hügel mit Gräsern, Büschen und jungen Pinien. Wir suchen eine Mulde, wo niemand uns sieht. Dann gibt Hannes auch sein gelbes Reclamheft aus der Hand. Er hat verzichtet auf Griechenland, auf die Insel Korfu, denn dort wäre er jetzt mit seinen Freunden. Wegen mir sei er gern hier in Lignano, sagt er, unsere Zeit in der Mulde sei besser als griechischer Wein und Sirtaki.

Auf dem Strandstück da ist der Sand bei Ebbe ganz hart und glitschig. Wegen dem Algenschleim, sagt Oma, und ich denke an Hannes und seinen Samenschleim auf meinem Bauch.

Gestern habe ich mein Geheimnis mit Hannes und die verheimlichte Geschichte mit Enzo d'Amato auf die Waage gelegt. Auf einmal war die Wut weg, wir sind quitt, denke ich mir.

Mit Oma hat schon Tante Rosa alles geregelt, mit Diplomatie. Sie hat mir dann aus Pontebba ein Foto mitgebracht von Enzo d'Amato, ein Porträt. Gleich groß wie das Porträt von Opa aus dem Album von Tante Rosa und Onkel Hans. Sogar der Zackenrand der beiden Fotos hat fast genau übereinander gepasst. Ich habe die Fotos zusammengeklebt und in eine durchsichtige Ausweishülle gesteckt. Das hat wirklich geholfen.

Hannes erzählt mir von seinem Reclamheft. Dass jeder Mensch eine Halbkugel sei, auf der Suche nach der anderen Hälfte. Wir beide haben uns schon gefunden, sagt er. Wenn Hannes mir gerade nichts erzählt von dem griechischen Philosophen, fragt er mich aus über den Nonno. Der interessiert ihn von allen in meiner Familie am meisten. Ob der Nonno im Krieg war. Oder im

Widerstand. Dieses Wort hat mein Nonno immer wieder verwendet, ich erinnere mich. Auch an unseren Besuch in der alten Reisfabrik in Triest. Die hat auch was zu tun mit dem Widerstand. Da war einmal ein Krematorium mit einem Schlot, hat der Nonno damals gesagt. Die Reisfabrik ist jetzt ein Gedenkort. Mir kommen Erinnerungen an Tafeln mit Namen, wie auf einem Friedhof, aber Gräber gab es dort keine. Mir fällt ein, dass sich mein Nonno, der nicht einmal bei der Wandlung niederkniet, sich dort mitten im Hof niedergekniet hat. Hannes sagt, die Reisfabrik war ein sehr böser Ort. Und ein sehr böser Mann habe dort gewütet. Einer mit vier O in seinem Namen.

Oma und Nonna stricken um die Wette. Socken und Handschuhe mit Norwegermuster für den Tarviser Markt. Oma beliefert eine Bekannte, vor Weihnachten macht die damit ein großes Geschäft. Wenn wir am Abend draußen sitzen auf dem Balkon, dann lässt sich Oma Geschichten entlocken. Ich frage nach Enzo d'Amato. Oma erzählt jetzt von ihrem *Gspusi* mit ihm, als wäre es nie ein Geheimnis gewesen. Die größte Liebe ihres Lebens, sagt Oma zu Enzo d'Amato, meinem süditalienischen Großvater, einem Soldaten aus Kalabrien, der in Pontebba stationiert war. Aber wer weiß, sagt sie, wir haben ja nie zusammengewohnt.

Als kleines Kind bin in der Nacht vom Zustellbett ins Doppelbett gekrochen, zwischen meine Omas hinein. In der Früh haben beide immer freudig gefragt: Ja, wen haben wir denn da? Jetzt schlafe ich in der Wohnküche und höre Oma und Nonna wenigstens schnarchen.

Die Automaten mit den durchsichtigen Kugeln, die man in der Mitte aufdrehen kann, gibt es noch immer hier in Lignano. Aber das *Glumpat* drin interessiert mich heuer nicht mehr. Trotzdem stehe ich gern vor den Automaten, ich denke dann an die Kugelmenschen des griechischen Philosophen. Und an meine beiden Opas. Nur eine kleine Drehung im Kopf, und alles ist rund.

Danksagung

Die Arbeit an diesem Buchprojekt wurde durch Stipendien des BKA, der Literar Mechana und der Stadt Graz gefördert.

Für wertvolle Hilfe bei der Recherchearbeit danke ich ganz besonders:
Sandra Bertel/Museum der Stadt Villach
Eva Della Schiava/Biblioteca Comunale di Venzone
Raimondo Domenig/Malborghetto
Laura Goldemund/Malborghetto-Graz
Lara Magri/Museo Etnografico Malborghetto
Pro Loco/Pontebba
Hermann Riepl/Volkshilfe Kärnten
Manuela Rossi/Cave del Predil
Christiane Schütte/Villach
Dem Kulturamt der Stadt Villach und BUCH13, die mir mit Literatur:im.süden einen vierwöchigen Aufenthalt in der Draustadt ermöglicht haben.

Dem Otto Müller Verlag danke ich für sein Vertrauen und für die gute Zusammenarbeit.